DER WISSENSCHAFTSOFFIZIER

BAND 1

BLAZE WARD

INHALT

Doyle Iwakuma Storys

The Librarian

Demigod

Greater Than the Gods Intended

Andere Science Fiction Storys

Mymirdons

Moonshot

Menelaus

Earthquake Gun

Moscow Gold

Fairchild

White Crane

Das Kollektiv-Universum

The Shipwrecked Mermaid

Imposters

BUCH EINS: PIRATEN

TEIL EINS

Eilig überflog Javier die Anzeigen auf seiner Brückenkonsole für den unwahrscheinlichen Fall, dass sich ein Asteroid auf Kollisionskurs befand. Die Sprungantriebe würden nach diesem letzten Hüpfer eine weitere Stunde brauchen, um sich neu aufzuladen, und die Maschinen waren derzeit offline, während der Computer einen vorläufigen Scan des neuen Systems durchführte, das sie erkunden sollten.

Der Weltraum war wirklich, wirklich groß. Die Wahrscheinlichkeit, dass sich die Wege zweier Objekte, egal welcher Art, zufällig kreuzten, war extrem gering. Hier ging es um eine ganze Menge Nullen hinter dem Komma. Auf die allerdings stets eine Eins folgte. Javier vergaß das nie. Irgendwann würde jedem das letzte Stündlein schlagen. Hoffentlich wäre es das hohe Alter, das einen erwischte, und nicht der eifersüchtige Freund einer Frau, mit der er etwas angefangen hatte.

Bis zu einer Entfernung von ungefähr einer halben Lichtsekunde war die unmittelbare Umgebung sauber. In der

Ferne kämpfte eine trübe, rötlich-orange Sonne verzweifelt darum, sie zu erwärmen. Ein weiteres langweiliges Sternensystem im hinterletzten Winkel des Alls. Ein neuer Tag, eine neue *Drachme*.

„Suvi. Missions-Logbuch", sagte Javier, das Computersystem mit seiner Stimme aktivierend. Es handelte sich natürlich nicht wirklich um eine „Sie", und sie war auch nicht wirklich intelligent, aber die KI war eine recht gute Nachbildung einer echten Person. Und er hatte ihre Programmierung über die Jahre hinweg ein wenig aufgemotzt, um sie genau richtig hinzubekommen.

Die Flotte hatte sich nicht darum geschert, dem kleinen Schiff einen Namen zu geben. Das tat sie nie bei Sondierungskuttern. Aufklärer wie der seine trugen normalerweise lediglich eine Nummer auf ihrem Rumpf. Nachdem Javier es auf einem Schrottplatz gekauft hatte, hatte er das Schiff *Mielikki* genannt, nach der finnischen Göttin des Waldes. Er hatte die KI umprogrammiert, so dass sie wie eine zierliche angelsächsische Frau aussah, eine elfenhafte blauäugige Blondine, und hatte sie Suvi getauft. *Sommer*. Das bildete einen hübschen Kontrast zu seinem eigenen dunklen Haar und Teint. Es erinnerte ihn daran, dass die Galaxis ein riesiger Ort war, voll von allen möglichen eigen- und fremdartigen Menschen.

„Leg los, Javier", erwiderte Suvi knapp. Sie erschien auf einem seitlichen Bildschirm und sah aus, als säße sie in einem Büro auf einem alten Kriegsschiff, gekleidet in eine Uniform, die vage an die eines Schreibstubenoffiziers der Flotte von vor einhundert Jahren erinnerte, kurz bevor die Großen Kriege ausgebrochen waren. Javier war sich sicher, dass die KI ursprünglich nicht so programmiert gewesen war, dass sie einen Sinn für Ironie und Humor besaß, aber wenn er nun ihre Aufmachung betrachtete, hatte sie wohl im Laufe der Zeit einen solchen Sinn entwickelt.

„Missionstag 237, frisch angekommen und dabei, zu scannen. Markiere dies als Teil des Campeche Sektors, System-Nummer Sieben", sagte er, während er eine holografische Karte der näheren Umgebung aufrief. „Irgendwann in den nächsten zwei oder vier Systemen, werden wir den Quintana Roo Sektor erreichen, bevor wir auf den Rand des lokalen Arms stoßen und in eine Kluft eindringen. Bitte erinnere mich daran."

„Wird gemacht, Javier", antwortete sie, wobei es so schien, als tippe sie etwas in das Keyboard vor sich ein.

„Sehr gut, Suvi. Das Deck gehört dir. Ich bin hinten, besorge mir etwas zu essen und checke die Botanik-Station." Javier löste den Sicherheitsgurt, erhob sich aus seinem Sessel und machte sich auf den Weg nach achtern. Er streckte die Arme über den Kopf und zog seine Uniformjacke wieder nach unten, nachdem er sich einem Jucken in der Nähe seiner Niere gewidmet hatte.

Hinter ihm übernahm die strahlende Elfe das Kommando. „Zu Befehl, Captain."

<hr>

JAVIER PFLÜCKTE eine zweite Beere vom Busch, während er vorsichtig den ersten Kern in seine Hand spuckte. Die Beere hatte fast die Größe einer Weintraube, war aber von einem schockierenden Pink und sehr süß. Javier lächelte über das, was ihm mit einem vollausgestatteten Forschungslabor und mehreren Jahren einsamer Geduld gelungen war. So wie es aussah, hatte er eine neue Fruchtspezies erfunden. Eines schönen Tages würde er daheim irgendeine Gemeinde besuchen müssen, um alle Siegesschleifen beim Wettbewerb für Obst und Gemüse zu gewinnen. Vielleicht.

Um ihn herum war der Originalfrachtraum der *Mielikki* in zwei Teile aufgeteilt worden. Die interessante Hälfte diente nun der botanischen Forschung, mit einer kleinen Baumschule, Obst- und Gemüsebeeten, einer hydroponischen Einrichtung mit einer Anzahl unterschiedlicher Fischspezies und einer Saatbibliothek, die die vieler landwirtschaftlicher Universitäten übertraf.

Die Operationszentrale der Flotte hatte gelacht, als er echte ukrainische Erde von der Heimatwelt verlangt hatte, reich an Nähstoffen und schwarz, hatte aber beinahe fünfzig Kubikmeter des Zeugs als Teil seines Vertrags zu ihm hinausgeschafft. Auf seinen kurzen Ausflügen in den „bekannten" Weltraum, waren Admiräle und Gesandte stets ausgesprochen glücklich gewesen, frisch gepflückte Weintrauben, Blutorangen oder blauen Spargel zu bekommen, der ihr Abendessen bereicherte.

Einstweilen zog Javier einen der kleinen Beutel, die er genau zu diesem Zweck bei sich führte, aus seiner Tasche und steckte den Samen aus seiner Hand dort hinein. Er legte den versiegelten Beutel in ein nahegelegenes Netzregal und zog eine durchsichtige Box für die Beere hervor. Diese verstaute er in einem kleinen Kühlschrank, bis sie gescannt, katalogisiert und in einem neuen Topf eingepflanzt werden konnte, um herauszufinden, was besser wuchs: der reine Samen oder die vergrabene Frucht. Ah, die Wissenschaft.

Ein Geräusch erweckte Javiers Aufmerksamkeit. Er sah dorthin, wo Athos, eines seiner Hühner, aus dem Gemüsebeet auftauchte und den Kopf schieflegte, als es ihn erblickte. Es starrte ihn noch eine Weile länger an, entschied, dass es wohl kein Futter geben würde, und fuhr dann damit fort, im Dreck zu kratzen, um dort nach etwas Interessantem zu essen zu suchen.

Javier lächelte und nahm einen sehr tiefen Atemzug. Er seufzte. Die meisten Planeten, die er besuchte, hatte nicht diese reine, frische Luft, ganz abgesehen von den Kriegsschiffen, die Annehmlichkeiten auf ein Minimum beschränkten, oder von Grenzposten, die darauf sogar völlig verzichteten. Frisches Wasser, klare Luft und keine Menschen. Das hier war das Paradies.

„Captain auf die Brücke", wurde er unvermittelt unterbrochen. Suvis Stimme war selbstsicher und ruhig. „Notfall. Alle Mann auf Gefechtsstation."

VIERZEHN JAHRE als *Concord*-Flottenoffizier hatten ihre Spuren hinterlassen. Javier hatte den Weg zum Kommandoraum bereits zurückgelegt, noch bevor das Echo ihrer Stimme ganz verklungen war.

Sein Hintern war noch nicht ganz auf dem Sitz gelandet, da wertete er bereits die Information auf den Bildschirmen aus. „Suvi, Statusbericht", rief er, während er seine Tastaturen aktivierte und seine Optionen durchging.

Als sie in Auftrag gegeben worden waren, waren die Sondierungskutter bewaffnet worden, doch bei der *Mielikki* war der Großteil der Bewaffnung wieder entfernt worden, als sie in einen Langstreckenaufklärer umgewandelt worden war. Sicher, in einem Rückenturm gab es immer noch ein kleines Doppelpulsargeschütz, doch das war hauptsächlich effektiv im Nahkampf gegen unerwartete Asteroiden. Javier langte nach der Waffenkonsole und hielt inne, als er das Bild auf dem Sekundärschirm erblickte.

„Scheiße", sagte er ruhig. „Wo ist das denn hergekommen?"

Der angezeigte Schiffskörper glich einem flachen grauen Hai, der so dunkel war, dass er fast schwarz wirkte. Selbst auf eine Entfernung, die nach Javiers Ansicht für einen Messerkampf ausgereicht hätte, war das Schiff schwer zu erkennen. Die Scanner zeigten es dennoch deutlich an. Jetzt.

„Auswertung", kam die Antwort, obwohl die KI an sich

wesentlich schneller war. „Es scheint getarnt und in der Nähe gewesen zu sein, als wir ankamen. Bei dem Schiff handelt es sich offensichtlich um …"

„Es ist eine schwere Korvette der Osiris-Klasse", schnitt er ihr das Wort ab.

Javier kannte diese Klasse. Er erinnerte sich immer noch an viele Reisen an Bord der alten *Bannockburn*, einem der Schwesternschiffe seines jetzigen Schiffs, als er Fähnrich auf der *Concord*-Akademie auf Bryce gewesen war. Waffentechnisch war er schon alleine vom Umfang her unterlegen und konnte vor diesem schnellen Schiff auch nicht flüchten. Und die Sprungantriebe würden erst in mindestens zwanzig Minuten wieder online sein. Er war sowas von am Arsch.

„Suvi", sagte er, das Gesicht in einem zur Seite gewandten düsteren Blick verzogen, „haben sie uns kontaktiert?"

Ihr Bild zeigte grimmige Konzentration. „Negativ. Nein, warten Sie, bleiben Sie auf Empfang." Sie zögerte, und ein Blick ungläubigen Schocks erschien auf ihrem Gesicht. „Oh Schreck …"

Das Bild auf dem Schirm war uralt, aus einer lange vergangenen Zeit, als die Menschen auf einer einzigen Heimatwelt lebten und Schiffe auf dem Wasser trieben und nicht am Himmel. Ein menschlicher Schädel, weiß auf schwarzem Hintergrund, mit gekreuzten Oberschenkelknochen dahinter.

Javier hatte gerade noch genug Zeit zu realisieren, dass die Flagge schwarz anstatt rot war, dann eröffnete das Schiff das Feuer.

Dunkelheit.

Absolute Stille.

Etwas versetzte ihm einen Schlag gegen den Kopf.

Javier blinzelte.

Die Notbeleuchtung ging an.

Javier schwebte. Was ihm den Schlag versetzt hatte, war die Decke.

Scheiße. Die Grav-Platten waren außer Betrieb.

Die *Mielikki* war erledigt.

Natürlich. Es waren Piraten. Sie besaßen ionische Pulsargeschütze. Eine überwältigende statische Welle später waren sämtliche Systeme auf der *Mielikki* überlastet. Es würde drei Stunden dauern, alle Schaltkreisplatinen zurückzusetzen und dann alle Systeme wieder online zu bringen. Er hatte vielleicht drei Minuten. *Was sein muss, muss sein.*

Javier stieß sich von der Decke ab und bewegte sich durch die Luft wie ein Tümmler.

Zuerst der Notfall-Raumanzug. Ungepanzert. Kaum verstärkt. Würde ihn am Leben halten, falls sie die Luftschleusen sprengten.

Siebenundvierzig Sekunden. Manche Dinge verlernte man nie.

Als nächstes der Computer. Mit einer Hand hielt er sich an der Konsole fest und kroch darunter, um ein Panel zu öffnen. Es ging nicht um den Prozessorkern. Der befand sich in den Tiefen des Schiffs, in der Nähe der Energiesysteme. Er wollte nur seine Logbucheinträge und Suvis intakte Persönlichkeitsdateien.

Javier tauschte den fünften Chip von links gegen einen Ersatzchip, den er dank seiner von der Flotte antrainierten Paranoia in der Nähe festgeklebt hatte. Nachdem Suvi in der Tasche verstaut war, zerschlug er den leeren Ersatzchip mit einem kleinen Hammer, ebenso wie den Rest der Chips und Platinen. Standardvorgehensweise, wenn kurz davor war, gefangengenommen zu werden, auch wenn er eigentlich die Chips mit den Daten hätte zerstören und nicht hätte versuchen sollen, sie am Feind vorbeizuschmuggeln. Pech. Er mochte Suvi. Jetzt galt es, sie zu verstecken.

Javier überprüfte die Uhr in seinem Kopf. Zwei Minuten waren vergangen.

Er hetzte den Hauptkorridor hinunter und zur tierärztlichen Station, wobei es sich um einen ausgesprochen hochtrabenden Namen für ein Hühnerhaus und einen Untersuchungstisch handelte. Dort öffnete er einen Eimer mit Hühnerfutter gerade so weit, dass er Suvi hineingleiten lassen konnte, und verschloss ihn dann wieder.

Es schwebten erstaunlich wenige Trümmer herum. Vierzehn Jahre aktiver Dienst, vier Jahre auf der Akademie und eine ganze Anzahl Jahre privater Flüge durch das All sorgten dafür.

Den Hühnern war die Schwerelosigkeit egal. Nun, egal war sie ihnen nicht, aber sie waren Hühner. Alles regte sie auf. Aber sie schienen sich nicht weiter daran zu stören. Es würde höchstens ein paar weitere Stunden dauern, bevor sie anfingen es vorzuziehen, an einem Ort zu leben, an dem ihre Flügel tatsächlich funktionierten.

Dazu würde er eines schönen Tages mal ein Experiment durchführen müssen. *Die Auswirkungen minimaler Gravitation, beginnend mit der Geburt, auf terranische Hühnerrassen.* Javier schnaubte, als er daran dachte, dass er sich mit einem wissenschaftlichen Fachartikel befasste. Über seine Laufbahn konnte er sich später Gedanken machen.

Das ganze Schiff hallte wider wie eine Glocke.

Die Zeit ist um.

Javier dachte an seine persönliche Waffe, die er in seiner

Kajüte aufbewahrte. Aber die würde ihn nur auf dem schnellsten Weg das Leben kosten. Reden schien das einzige zu sein, was ihm eine Chance bot, lebendig aus dieser Sache herauszukommen. Keine große, aber besser als der sichere Tod.

Er begab sich in den Hauptkorridor und stellte sein Funkgerät so ein, dass es nach aktiven Frequenzen scannte.

Es dauerte nicht lange. Sie befanden sich auf einem Standard-Flottenkanal.

„Seien Sie mir gegrüßt", sagte er. „Können wir reden?"

Javier wartete geduldig. Nachdem er gesprochen hatte, war sofort Schweigen eingetreten. Er ließ sie eine Weile auf einem anderen Kanal weiterreden, bevor er sich auf die Suche danach machte.

„Hallo", sagte er, einen Mann und eine Frau unterbrechend.

„Wer spricht da?", forderte ihn die männliche Stimme heraus. Schroff, hart, professionell. Sie erinnerte ihn an einen der Ausbilder aus seinen Akademie-Tagen.

„Der Kerl auf dem Schiff", antwortete Javier, darum bemüht, seinen Ton mild und freundlich zu halten. Verärgere nie Leute, die Waffen auf dich richten. „Da Sie mich nicht in die Luft gejagt haben, wollen Sie mich nicht töten. Ich dachte, ich mache Ihnen das ein bisschen einfacher, so dass Sie mich nicht erschießen müssen, wenn Sie die Luke öffnen."

Ein Tropfen Angstschweiß rollte seine Nase hinunter, genau bis zur Spitze, an die er in seinem Helm nicht herankam. Javier scrollte die Kontrollen des Raumanzugs hinunter, sodass er so weit abkühlte wie möglich. Im Moment half auch die kleinste Kleinigkeit. Bloß keine Angst vor den Killern zeigen.

Es entstand eine peinliche Pause.

„Wer befindet sich an Bord des Schiffes?" Die Stimme

des Mannes war jetzt etwas ruhiger. „Und welche Ladung transportieren Sie?"

Javier zuckte die Achseln. Das würden sie in fünf Minuten sowieso selbst herausfinden. „Ich", sagte er. „Oh, und vier Hühner. Was Güter angeht... ich transportiere eine Menge Bäume und Pflanzen."

„Bäume?" Die plötzlich erklingende Stimme der Frau hörte sich ungläubig an. Barsch, kalt und bösartig, aber auch ungläubig. „Was soll das heißen, Bäume?"

Javier lächelte, unterdrückte es aber wieder, bevor er antwortete. „Apfelbäume", stellte er sachlich fest. Es war eine Rede, die er fast auf jeder Station und in jedem Sektor-Hauptquartier hielt. „Birnen, Orangen, Feigen, Bananen, Kirschen, Haselnüsse, Cashews, Mandeln. Ein paar mehr. Plus Obststräucher, Gemüse, Hydrokulturen. Und vier Hühner."

Mehr Stille.

Sie war nicht besänftigt. „Das ist Bockmist", sagte sie. „Sie sind ein Patrouillenkutter."

Javier holte Atem, bevor er antwortete. „Das hier ist ein Sondierungskutter, nach zwanzig Jahren aktiven Einsatzes außer Dienst gestellt und in einen Langstrecken-Erkundungsaufklärer umgewandelt."

Die Stimme des Mannes meldete sich wieder. „Wer sind Sie?"

Javier zuckte die Achseln in seinem Anzug. „Nur ein Kerl, der mit einem Erkundungsvertrag für die *Concord*-Flotte fliegt. Ein Privatunternehmer, der versucht, ein bisschen Geld zu verdienen."

„Und all die Botanik?"

Javier wurde ein wenig munterer. Diese Leute klangen nicht wie Piraten. Jedenfalls nicht wie die im Fernsehen oder im Kino. Dazu drückten sie sich viel zu gut aus. „Ein Hobby", sagte er. „Damit ich etwas zu tun habe, wenn ich zwei oder drei Jahre am Stück in der Mitte des Nichts verbringe."

Javier konnte das Gehämmere an der Luke vor sich hören. Die Luftschleuse stand kurz davor, geöffnet zu werden. Da das Schiff ohne Energie war, hatten sie bereits die Luftschleusenlager überbrückt und die Verzahnungen zerschnitten. Und das schneller, als es die meisten Werftcrews geschafft hätten. Verdammt. Sie waren gut.

Die Frauenstimme erklang wieder. Sie hörte sich wütend an. Wie eine Katze, der man die Maus verwehrte. „Ich habe Sie auf meinem Scanner", sagte sie. „Wo sind Ihre Waffen?"

Javier zuckte die Achseln. Jetzt wurde es langsam ein bisschen verzwickt. „Ich habe eine Pistole in meiner Kabine", sagte er. „Ich dachte mir, dass sie mir in diesem Fall nicht allzu viel nutzen würde."

„Da haben Sie vollkommen recht, Mister", knurrte sie. „Stehen Sie vollkommen still, wenn die Schleuse sich öffnet. Wenn Sie bezüglich irgendetwas gelogen haben, sind Sie ein toter Mann."

Javier verankerte seinen Fuß unter einer Deckskante, die vom Erbauer des Schiffes für genau solche eine Situation angebracht worden war. Zur Sicherheit streckte er die Hände zur Seite aus, offen und so wenig bedrohlich, wie es ihm nur möglich war. „Verstanden."

Die Tür der Luftschleuse schob sich etwa acht Zentimeter weit auf, ungefähr so weit, wie sie jemand ohne Schwerkraft mit einer manuellen Umdrehung öffnen konnte. Jemand, der unglaublich stark war. Jemand, der ausgesprochen verärgert war.

Ein Lauf schob sich wie eine jagende Schlange durch die Öffnung. Kein Kopf zeigte sich in der entstandenen Lücke, daher nahm Javier an, dass sich auf dem Visier eine Kamera befand.

Er blieb unbewegt stehen. Er lächelte sogar. „Hallo."

„Bewegen Sie sich nicht.”

„Das habe ich nicht vor.”

Die Luke öffnete sich langsam weiter.

Jemand auf der anderen Seite schob eine Sensorkapsel über die Schwelle. In der Stille gab sie ein lautes Ping von sich.

Nichts.

Javier war nicht daran gewöhnt, auf Leute zu treffen, die genauso geduldig waren wie er selbst. Er hatte damit gerechnet, dass sie jetzt bereits schießend hereingestürmt kämen. Vielleicht war das ein gutes Zeichen.

Die Sensorkapsel zirpte.

Langsam ließ Javier den Atem entweichen, von dem ihm gar nicht bewusst gewesen war, dass er ihn angehalten hatte. Es gab Luft, also würden sie wohl nicht die Schleusen sprengen und sein Schiff ins All entlüften. Vielleicht ein weiteres gutes Zeichen.

Über dem Lauf erschien ein Kopf in der Öffnung.

„Nur Sie, was?” Sie war es.

Javier nickte. „Und vier Hühner.”

Der Anklang von Wut in ihrer Stimme verminderte sich zu Verzweiflung. „Was”, sagte sie, „haben Sie nur die ganze Zeit mit den verdammten Hühnern?”

Javier sprach mit so fester Stimme wie möglich, auch wenn sie eigentlich gerne um eine Oktave gestiegen wäre. „Manche Leute essen Hühner”, sagte er, „und sie schmecken ziemlich gut. Aber sie legen auch Eier, wenn man sie ordentlich behandelt. Das bedeutet, man hat über Jahre jeden Tag eine Mahlzeit, im Gegensatz zu nur einer Mahlzeit an einem einzigen Tag. Mir wäre es lieb, wenn Sie meine Hühner nicht erschießen. Die sind hier draußen ziemlich schwer zu ersetzen.”

Sie schwamm über die Schwelle, wie eine Nymphe, die sich im Wasser bewegt. Die Mündung der Waffe schien wie mit Magneten in der Mitte von Javiers Brust festgeheftet zu sein.

Gerade noch konnte er ihre Augen durch den filternden Gesichtsschild erkennen. Er kam sich vor wie ein Hase, der einem Luchs gegenübersteht. Er lächelte. „Hi."

Und dann schoss sie auf ihn.

TEIL ZWEI

Dunkelheit.

Empfindungen.

Schmerz.

Erwachen.

Langsam öffnete Javier seine Augen. Sogar das dämmerige Licht schmerzte.

Er entschied sich zu einem Blinzeln.

„Oh. Was ist das für ein ekelhafter Gestank?" Trotz des grellen Lichts öffneten sich Javiers Augen ganz. Sein Mageninhalt wäre ihm in den Mund gestiegen, wenn etwas darin gewesen wäre. Wenigstens etwas.

Er versuchte, sich zu bewegen. Und stellte fest, dass ihm die Hände auf den Rücken gebunden waren.

„Hölle und Teufel", fuhr er fort, „habt Ihr Leute keine Ahnung, wie man einen Bio-Filter programmiert?"

Eine Hand schlug gegen die Seite seines Schädels. Mit offener Handfläche, schmerzhaft, aber ohne ihn zu verletzen. „Hüten Sie Ihre Zunge."

Javier wandte den Kopf, um zu seinem Peiniger aufzublicken. Und sah immer weiter hinauf.

Er war sich ziemlich sicher, dass es sich um eine *Sie* handelte, denn sie schien Brüste zu haben. Kleine, zugegebenermaßen, versteckt auf einer Lage Muskeln. Vielen Muskeln. Und die Knochen in ihrem Gesicht schienen weiblich zu sein. Nicht besonders fein. Definitiv nicht feminin.

Braunes Haar, kurz getragen, sodass es in einen Raumanzug passte, an den Seiten kurzgeschoren und zu einem winzigen, stacheligen Irokesen frisiert. Das einzig Winzige an ihr.

Das einzig entfernt Weibliche an ihr war die Sammlung von Ringen, Steckern und Steinen in beiden Ohren. Allerdings nichts in der Nase.

Und die Stimme war ein ostentativer Alt. Scharf, forsch, energisch. Sie erinnerte ihn an einen Fitnesslehrer an der Akademie. Denjenigen, der es liebte, auf Zwanzigmeilenmärschen in voller Ausrüstung zu singen. Er mochte sie schon jetzt nicht.

Endlich fokussierten sich Javiers Augen wieder. Sie sah eigentlich nicht schlecht aus. Wenn man Frauen mochte, die 2,10 Meter groß und wie Rugbyspieler gebaut waren. Und die finster dreinblickten.

Javier hatte schon genug Mühe, nicht zu würgen, sodass er keine Höflichkeit vorschützte. „Dann hören Sie auf zu versuchen, mich zu vergiften, und verschaffen Sie mir saubere Luft zum Atmen, Lady."

Die Hand hob sich wieder. Innerlich bereitete Javier sich auf den Schlag vor.

„Sykora, das reicht." Die Stimme ließ sie innehalten. Sie blickte nach rechts, schaute finster drein und gab nach.

Javier verarbeitete die Worte. Langsam. Mit etwas Verzögerung. Starke Betäubung war so, als würde man betrunken am nächsten Morgen aufwachen, fünfzig Kilometer von zu Hause entfernt, in den Kleidern von jemand anderem. Mit Clownsschuhen an den Füßen. Das kannte er schon.

Er wandte sich der Stimme zu und begriff, dass er in einem kleinen Büro saß und nun einen Mann hinter einem Schreibtisch anstarrte. Einen durchschnittlich aussehenden Mann. Mit kahlrasiertem Kopf, während Javier selbst sein Haar in einer für ihn angenehmen Länge trug. Salz und Pfeffer Vandyke-Bart, ordentlich rasiert, wohingegen Javier normalerweise glattrasiert war. Durchschnittlicher Körperbau, durchschnittliche Größe. So nah an Javiers 1,80 Metern, dass sie sich buchstäblich auf Augenhöhe begegnen konnten. Das würde sich wahrscheinlich als wichtig erweisen.

Der Mann begutachtete ihn ebenso genau. „Was wissen Sie über das Programmieren von Bio-Filtern?" In seiner Hand hielt er einen Becher mit etwas Warmem und wahrscheinlich Koffeinhaltigem. Javier bemerkte einen großen, schweren Goldring an der Hand, die den Becher hielt. Die Art von Ring, die man bekam, wenn man an der Akademie auf Bryce graduierte. Und ein Offizier der *Concord*-Flotte wurde. Aha.

Javier verkniff es sich, den ersten rüden Gedanken auszusprechen, der ihm durch den Kopf schoss. Das Rugbymädchen würde ihn bloß wieder schlagen. Oder Schlimmeres. „Waren Sie schon auf meinem Schiff?"

Die Augen des Mannes nahmen einen vorsichtigen Ausdruck an. „Das war ich nicht", sagte er. Seine Stimme war ein voller Bariton. Javier konnte den Kommandotonfall darin erahnen. Das hier war ein Mann, der es gewohnt war, das Sagen zu haben, und das auch durchziehen konnte.

Javier lehnte sich ein Stück vor, bis *ihre* Hand auf seiner Schulter landete und ihn in den Stuhl *presste*. Verdammt. Es war möglich, dass sie auch mehr wog als er. „Gehen Sie rüber und atmen Sie die Luft dort drüben ein, und dann melden

Sie sich wieder bei mir", sagte er. „Vergessen Sie aber nicht, sich von den Bienenstöcken fernzuhalten, und versuchen Sie, die Hühner nicht mehr zu quälen als nötig, aber gehen Sie und riechen Sie, wie nett mein Schiff im Vergleich zu Ihrem vergifteten Sumpf von Todesfalle ist, mit dem Sie herumsegeln, Mister." Javier fügte dem Klang seiner Stimme den Peitschenknall hinzu, den sie beide auf der Akademie auf Bryce gelernt hatten.

Er wurde dadurch belohnt, dass der Mann dorthin starrte, wo seine Hände hätten sein müssen, wenn sie nicht auf seinem Rücken gefesselt gewesen wären. Auf der Suche nach *Dem Ring.* Er gehörte zu einem geläufigen Initiationsritus im bekannten Universum. Akademieabsolventen. Fremde in fremden Landen.

Der Mann lehnte sich zurück und lächelte leicht. Offenbar hatte er dieselben Gedanken gehabt. „Ich habe Ihren Ring nicht gesehen, Mister." Jawohl, der universelle Gruß. Lang verlorene Waffenbrüder.

Javier zuckte die Achseln, befand sich auf sichererem Boden, wenn auch nicht in Sicherheit. „Meine zweite Frau hat ihn behalten, als sie sich von mir scheiden ließ", sagte er. „Abschlussjahrgang '63."

Der Mann nickte. In all dem lag eine komplette, exquisite Unterhaltung. „Ich verstehe. Klasse von '49." Er wandte sich an die Frau, die in der Nähe stand, ihr Gewicht nun nicht mehr als eine Andeutung auf Javiers Schulter. „Ihre Beobachtungen, Sykora?"

Javier bemerkte ihre Nägel. Perfekt maniкürt, wenn auch extrem kurz. Wieder ein Hinweis darauf, dass sie ständig in einem Raumanzug arbeitete. Er checkte ihr Handgelenk und entdeckte die verräterischen Schwielen eines gepanzerten Raumanzugs, die Sorte, die man trug, wenn man mit schwerem Gerät in Null-G hantierte oder in den Kampf zog.

Sie wirkte nicht wie ein Minenarbeiter von einem Asteroiden. Zu groß.

Ihre Blicke verkeilten sich ineinander, so als würde sie seine Gedanken lesen. Nicht dass die, wenn man seinen beiden Exfrauen glaubte, tiefgründiger waren als eine Schlammpfütze. Er zwinkerte ihr zu. Ihre Miene wurde noch finsterer.

„Er hat recht, Captain", sagte sie. „Das Schiff ist extrem sauber und in gutem Zustand. Laut des Ingenieursteams kann man davon jedenfalls ausgehen, wenn auch die Instandhaltungslogbücher zerstört wurden, als er den persönlichen Computer zerschlagen hat."

Als Javier sich wieder dem Mann, dem Captain, zuwandte, sah dieser ihn grimmig an. „Zusammen mit allen Kalibrierungsprotokollen für die Sensoren und Sprungantriebe?"

Javier glotzte den Mann nur an. „Hey", sagte er, „Ihr Leute seid Piraten. Standardprozedur, Kumpel. Kommt damit klar."

Sykora versetzte ihm einen Rückhandschlag, bei dem es sich mehr um einen liebevollen Hieb als um einen harten Schlag handelte. Sie knurrte unterdrückt.

Der Captain klopfte hart mit dem Finger auf die Schreibtischplatte, um sie zurückzuhalten. Sie funkelte Javier trotzdem an. Wenn Blicke töten könnten …

Javier entschied sich, sie zu ignorieren. „Also, Captain", sagte er, „womit kann ich Ihnen dienen?" Er widerstand dem Drang, sich zurückzulehnen und seine Beine auszustrecken. Das könnte ihn unter Umständen das Leben kosten.

Der Captain betrachtete ihn finster. Javier konnte sehen, warum er der Captain war, als er all sein Charisma anschaltete. Macht. Präsenz. Die Augen wurden ernst, durchdringend. Die Augenbrauen bewegten sich wie Muskeln und zogen sich nur ganz leicht zusammen, als würden sie auf ihn deuten. Javier spürte, wie sich die ganze Existenz des Mannes auf ihn konzentrierte. Die Stimme klang wie ein Werkzeug oder eine Waffe. Perfekt gearbeitet, rasiermesserscharf, elegant.

„Sie könnten Ihr hochautomatisiertes und auf Sie zugeschnittenes Schiff reparieren, sodass wir es benutzen können. Andernfalls müssen wir es ausschlachten und dann entscheiden, ob Sie in die Sklaverei verkauft oder einfach getötet werden. Was ziehen Sie vor?"

Mal überlegen. Verlieren, verlieren oder verlieren. Gleich eine ganze Handvoll schlechter Wahlmöglichkeiten. Nicht unähnlich den Enden seiner beiden Ehen. „Wie wäre es damit … ich repariere Ihre Bio-Filter, und dann setzen Sie mich an irgendeinem zivilisierten Ort ab, von dem aus ich nach Hause trampen kann? Als kleines *Dankeschön?*" Niemand wusste jemals seine Fähigkeit zu schätzen, in jeder Situation den Silberstreif am Horizont zu entdecken.

Der Captain war nicht amüsiert. „Werfen Sie ihn für eine Weile in die Brig. Vielleicht überlegt er es sich ja anders."

Javier sah erstaunt dabei zu, als Sykora ihn mit einer Hand aus dem Stuhl hob und ihn auf die Füße stellte. „Mit Freuden", höhnte sie.

Draußen auf dem Gang war die Luft sogar noch schlimmer. Javier hatte das Gefühl, er könne darauf laufen. „Wie könnt Ihr Leute diesen *Mief* bloß atmen?" Er hustete ein paarmal, doch das saugte den Schmutz nur noch tiefer in seine Lungen, statt sie davon zu reinigen.

Sykora war auch keine Hilfe. Sie packte ihn an den Handgelenken in seinem Rücken und zog sie hoch, bis er auf die Knie ging. Durch den Schmerz in seinen Schultern nahm er wahr, wie diese Position seinen Oberkörper genug zusammenpresste, dass er aufhörte zu husten. Das war wahrscheinlich nicht ihr ursprünglicher Plan gewesen. Ein Silberstreif.

Sie packte ihn im Nacken, hob ihn erneut an, und schubste ihn vor sich her. „Beweg dich, Dreckskerl."

Er blickte zurück. „Wenn mein Schiff schon stillgelegt ist, können Sie mich dann dort einsperren, sodass ich wenigstens atmen kann?"

Das trug ihm einen Schlag gegen die Seite seines Kopfes ein. Nicht stark genug, um irgendetwas im Inneren zu lockern, aber genug, um die meisten Leute zum Schweigen zu bringen. Die meisten Leute.

„Ernsthaft", sagte Javier mit einem Blick über seine Schulter, „kann ich Ihr Schiff wenigstens reparieren, wenn ich diesen Dreck schon einatmen muss? Ich verspreche Ihnen, dass saubere Luft Sie zu einem netteren Menschen machen wird."

Seine erste Frau hatte ihm immer den gleichen Blick zugeworfen. Ganz schön unheimlich.

Sie packte ihn am Kragen, um ihn zu stoppen, drückte einen Knopf, um eine Luke zu öffnen, und stieß ihn wie beiläufig hindurch, wobei er gegen das gegenüberliegende Schott prallte.

Nachdem ein paar der Sterne, die er sah, verschwunden waren, blickte er sie über seine Schulter hinweg an. „Handschellen ab, bitte."

Sie funkelte auf die Oberseite seines Schädels herunter. „Gesicht zur Wand", knurrte sie.

Javier stand stockstill, während sie sie aufschloss, und verkrampfte ein wenig, weil er einen Schlag in den Nacken oder gegen den Kopf erwartete, doch sie trat zurück und aktivierte das Sicherheitsenergiefeld, ohne ein Wort zu sagen.

Javier lehnte sich so nah an das Energiefeld, dass es bereits Funken zu sprühen begann. „Denken Sie daran, Sykora", rief er. „Saubere Luft und lächelnde Gesichter." Er sah sich um, entdeckte ein Bett, auf das er sich setzen konnte, und streckte sich aus, um über seinen Tag nachzudenken.

Eher mies, aber er hätte noch viel, viel schlimmer sein können.

DIE STIMME RISS ihn aus seinen Tagträumen. Auch gut. Für feine Gesellschaft waren sie sowieso nicht tauglich gewesen.

„Auf die Füße."

Javier lächelte. Seine Prinzessin Sykora war zurückgekehrt, um ihn zu retten. Oder ihn zu erschießen. Im Weltraum wurde es einfach nie langweilig.

Er stand auf und hielt sich weit von dem Sicherheitsfeld entfernt, während sie es deaktivierte und in die Tür trat. Sie musste sich bücken, um unter dem Türstock durchzupassen. Javier reichte ihr vielleicht bis zum Kinn.

„Hände zusammen und nach vorne", sagte sie, während sie ihm ein Paar Handschellen entgegenstreckte. Was besser war als eine Pistole. Höflich streckte er die Hände aus und beobachtete, wie sie ihm gekonnt die Fesseln anlegte.

Sie zog an der Verbindungskette, bis er fast ihre Brust berührte und in ihr Gesicht hinaufstarrte, was vermutlich eine klügere Idee war, als seine Nase zwischen ihre Brüste zu stecken. Vermutlich. „Kommen Sie mit", sagte sie so ruhig, dass es fast wie ein Flüstern klang.

Als ob ich eine Wahl hätte, dachte Javier. Selbst vier Jahre Akademieausbildung im Nahkampf würden ihn wie einen Trottel aussehen lassen, wenn er bei ihr irgendetwas versuchte. Diese Frau war eine Killerin. Sie zog ihn hinaus auf den Gang.

Sykora ließ ihn vor einem großen, dünnen asiatischen Kerl stehen. Beinahe die gleiche Hautfarbe wie seine, aber ein anderer Hautton. Er wirkte beinahe so verwirrt wie

Javier. „Yu, das ist …" Sie machte eine Pause und starrte Javier hart an. „Wie heißen Sie überhaupt?"

Javier streckte beide Hände aus, um die des Mannes zu schütteln. „Javier Aritza", sagte er lächelnd. Ein Silberstreif. Abwesend schüttelte Yu seine Hand.

„Aritza", sagte sie angespannt, „Sie werden dem Maschinenmaat Yu hier zeigen, wie man das Lebenserhaltungssystem repariert und die Bio-Filter einstellt."

Javier sah zu ihr auf und blinzelte. „Oder?"

Sie lächelte grausam. „Oder ich lasse Sie für eine Weile gegen die Wand prallen."

Er lächelte zurück, warm und sarkastisch. „Hätte nicht gedacht, dass ich Ihr Typ bin, Madam."

Licht.

Schmerz.

Sterne.

Die Wand in seinem Rücken war kalt. Und an seinem Hintern. Und er befand sich auf dem Boden. Und sein Gesicht schmerzte dort, wo sie ihn geschlagen hatte. Und an seinem Kopf wuchs eine Beule, wo sie seinen Schädel gegen das Schott gehämmert hatte. Und da waren Glocken.

Wunderbar. Noch eine Gehirnerschütterung. Er hasste Gehirnerschütterungen.

Man fühlte sich, als würde man einen Meter hinter und ein wenig seitlich von sich selbst stehen, während man alles beobachtete, als würde es jemand anderem passieren.

Fern von allem. Aufs Äußerste davon beansprucht, Dinge in der angemessenen Zeit zu verarbeiten. Ein weiterer, wirklich heftig Betrunkener. Betäubter. Die schlimmste Sorte.

So als blicke er durch einen Türspion sah Javier, wie sie ihn vorn an der Uniformjacke packte und ihn wieder hochhievte. Sie sah ihm aufmerksam ins Gesicht. Es war sogar möglich, dass er gesprochen hatte, obwohl hinter seinen Augen nichts wirklich Zusammenhängendes vor sich ging.

Gang.

Korridorbeleuchtung.

Angenehme Musik, aber vielleicht erklang die ja auch bloß in seinem Kopf.

Krankenstation.

Die waren auf jedem Raumschiff gleich. Vielleicht wurden sie alle in einer Fabrik hergestellt, die dann bloß unterschiedliche Typenschilder darauf klatschte.

Kleiner Raum. Drei mal fünf Meter. Zwei Betten. Ein großes Bedienpult dazwischen, aus dem spinnen-/greifarmgleiche Untersuchungsroboterarme ragten, die Dinge mit jedem anstellten, den man auf eines der Betten fallen ließ.

Javier fand sich auf der Seite liegend im Backbordbett wieder. Die Hände waren immer noch gefesselt.

Ein kaltes Sondierungsdingsbums streckte sich ihm entgegen.

Grelles Licht in jedem seiner Augen.

Etwas Kaltes auf der Rückseite seines Kopfes, damit beschäftigt, alles Schlechte zu vertreiben.

Stich in die Schulter, als das Spinnen-/Greifarm-Dingsda ihn stach.

Wie unhöflich.

Oh.

Warm.

Glückliche Gedanken.

Binäre Chemikalien erzielten medizinische Wirksamkeit.

Bewusste Gedanken.

Javier setzte sich mit den schwindenden Überresten eines üblen Katers auf. Oder etwas in der Art. Vier Minuten waren vergangen. Sie war immer noch da und sah finster drein. Mit dem anderen Typen. You-irgendwas?

Javier blinzelte.

Blinzelte erneut.

Sie waren beide immer noch da.

„Au. War das nötig?"

Sie lehnte sich extra nah an ihn heran. Schaute sogar lüstern drein. Irgendjemand hatte Winterminze-Gummibonbons gekaut. „Nötig, Aritza? Nein. Spaßig? Absolut. Zögern Sie nicht, in meiner Gegenwart die Klappe aufzureißen. Die Krankenstation ist nicht weit weg, so lange ich nichts tue, was der Med-Bot nicht wieder richten kann, bevor Sie verbluten."

Javier versuchte, sich auf die Sommersprosse auf der linken Seite ihrer Nase zu konzentrieren. Sie in diesem Moment zu küssen, egal wie viel Spaß es machen würde, den Ausdruck auf ihrem Gesicht zu sehen, würde ihn vermutlich das Leben kosten. „Ich werde versuchen", sagte er schließlich mit einem Mindestmaß an Normalität, „daran zu denken. Wo waren wir stehengeblieben?"

Er war fast schon wieder in passablem Zustand, als sie ihn aus dem Bett zerrte und in den Gang zurückstieß. Ein Silberstreif.

Die Maschinenräume auf den schweren Korvetten der alten Osiris-Klasse befanden sich vornehmlich auf dem C-Deck, mit einem sekundären Laufgang unten auf dem B-Deck, der der Krümmung des unteren Rumpfes folgte und einen, wenn auch schwierigen Zugang zu technischen Arbeitsräumen bot. Das Ganze schien von Schlangenmenschen aus dem Zirkus entworfen worden zu sein, die während der Arbeit nicht aus der Übung kommen wollten.

Javier folgte dem mageren Asiaten durch innere Luftschleusen, wobei Sykoras schwere Hand auf seiner Schulter lag. Sie hielt ihn aufrecht, während er vorwärts schwankte, wobei sie ihn gleichzeitig am Wegrennen hinderte.

Mal ehrlich, was dachte sie, wohin er flüchten würde?

Die Ausrüstung auf dem C-Deck ließ ihn den Mut verlieren. Die Osiris-Schiffe an sich waren schon ein schlechter Kompromiss, welcher Bewaffnung und Panzerung zu einem Design hinzufügte, das besser gewesen wäre, wenn es größere Maschinen gehabt hätte, damit man vor mächtigeren Schiffen Reißaus nehmen konnte. Irgendjemand hatte beschlossen, diesen Fehler hier zu beheben. Doch das war geschehen, indem man eine Reihe von Notstromreaktoren hinzufügte, von denen einer genau an der Stelle verschraubt worden war, an der man eigentlich sitzen sollte, um an den Schiffsumgebungssystemen zu arbeiten.

Javier zog in Erwägung, der technischen Besatzung ein paar neue Flüche beizubringen, entschied dann aber, dass sie die meisten davon wahrscheinlich bereits kannten, wenn sie dieses Chaos in Betrieb halten mussten.

Javier beobachtete, wie Yu einer kleinen Frau winkte, die die Uniform der Marine des Balustrade Imperiums trug, tiefstes Grün mit gelber Paspelierung. „Chief, wir sind zurück."

Die kleine Frau trug ihr Haar mittelkurz. Javier sah genauer hin und erkannte, dass sie ursprünglich von einer Welt mit hoher Gravitation stammen musste. Sie war nicht untersetzt, sondern besaß einen perfekt proportionierten Körper, der sich zur Seite ausgedehnt hatte und an schweren Knochen hing. Nicht schlecht. Sie reichte ihm bloß bis zum

Kinn, würde aber wahrscheinlich trotzdem mehr wiegen als er.

Sie blickte nicht einmal von ihrem tragbaren Computer auf und schien die Situation zu betrachten, indem sie in den Schatten las, die sie auf die Deckplatten warfen. „Das ist gut, Yu", sagte sie schüchtern. Sie sah für einen winzigen Moment auf und studierte Sykora. „Ist es sicher, ihn hier zu haben, Dragonerin Sykora?"

Javier hörte ihre Stimme direkt neben seinem Ohr. „Ich werde ihn streng bewachen, Chief." Er spürte, wie sie in seine Schulter kniff, um ihren Standpunkt zu verdeutlichen. Als ob er den vergessen könnte.

Sie stiegen die Mischung aus Leiter und Treppenschacht auf das B-Deck hinab. Jawoll. Es war so schlimm, wie es von oben aussah.

Javier holte tief Atem und drehte sich zu dem Kerl um. „Wir werden eine Sondierungskamera brauchen, einen Nummer-4-Werkzeugsatz und so viele Handtücher, wie Sie auftreiben können."

Der Mann sah ihn besorgt und verwirrt an. „Was ist eine Sondierungskamera?"

Javier zählte im Kopf bis Fünf. Er hatte heute bereits eine Gehirnerschütterung gehabt. „Wie lange", fragte er, wobei er innerlich bereits zusammenzuckte, „sind Sie schon Maschinenmaat, Yu?"

Der Mann begann zu strahlen. „Oh, ich habe die Prüfung noch nicht bestanden, Sir", lächelte er. „Ich bin jetzt seit vier Monaten Lehrling."

Javier nickte weise. Dies war der sicherste Weg, einen weiteren Schlag ins Gesicht zu bekommen. Er wandte sich an die Riesin. „Und Sie sind davon überzeugt, dass Sie mich nicht da reinlassen, um das zu erledigen?"

Ihr Lächeln war viel zu selbstgefällig. „Absolut",

schnurrte sie. „Soll ich Captain Sokolov mitteilen, dass Sie sich geweigert haben zu helfen?"

Eins. Zwei. Drei. Vier. Fünf. „Werden Sie bitte den tragbaren Computer mit den Schaltplänen halten, während ich durch den Raum brülle?" Javier wusste, was ihm eine Weigerung zu diesem Zeitpunkt eintragen würde. „Und wenn wir schon einen gehirnchirurgischen Eingriff per Fernsteuerung durchführen, kann ich dann einen gemütlichen Sessel haben?"

Als Antwort stieß ihn Sykora über das Deck und gegen das Schott. „Das sieht gemütlich aus." Zumindest zog sie einen tragbaren Computer hervor und schnippte den 3-D-Projektor an.

Javier griff in den Strahl und drehte die Projektion des Schaltplans zu sich herum. Er seufzte.

„Okay, Yu", begann er. „Nachdem Sie die sechs Schrauben entfernt haben, die das primäre Panel halten, werden wir den Durchlauf deaktivieren und das primäre System entwässern müssen. Sie müssen nach einem blauen Rohr und einem manuellen Absperrventil Ausschau halten …"

* * *

Javier wischte sich den Schweiß von der Stirn, wobei beide Handgelenke noch immer gefesselt waren. Zumindest war er nicht komplett mit Unrat und Dreck überzogen wie Yu. Und wie eine schwarze norwegische Ratte es geschafft hatte, tot und verkeilt im diagonalen Kühlmitteltank zu landen, würde eines der Mysterien sein, nach deren Lösung er Gott fragen wollte, wenn er starb. Aber die Maschine arbeitete endlich wieder.

Er versuchte zu stehen, bemerkte jedoch, dass seine Füße, Beine und sein Hintern eingeschlafen waren. Er schaffte es, sich zur Hälfte an der Wand aufzurichten, bevor er umkippte. Sykora kugelte ihm beinahe die Schulter aus, als sie an der Kette zerrte.

„Bleiben Sie locker, Lady", knurrte er, wobei er dank seines übermüdeten Zustands vergaß, wo er sich befand.

Sykora erinnerte ihn umgehend wieder daran. Sie packte ihn mit der anderen Hand an der Kehle und nagelte ihn so hart an das Schott, dass ihm der Schädel brummte. Schon wieder. Yu machte einen Schritt zu Seite und stand nur da, einen geschockten Ausdruck auf dem Gesicht, während Sykora sich nah zu ihm beugte.

Für einen Moment, nur einen Moment, überlegte Javier, sie zu beißen. Der Tag war schon beschissen genug gewesen. Vielleicht sollte alles mit einem Knall enden.

„Was hast du gesagt, Drecksack?", flüsterte sie. Sie war ihm nahe genug, um sie küssen zu können, aber Javier war hundemüde und unleidlich. Sie war auch nahe genug für einen schnellen Tritt.

Er holte tief Luft. „Ich habe gesagt, dass ich müde bin. Ich brauche eine Dusche, eine Mahlzeit und ein Nickerchen. Ihre verdammte Maschine ist repariert. Können wir jetzt gehen?" Dunkle und schreckliche Gedanken wirbelten gerade in den Tiefen seines Hirns, nicht an dem glücklichen, entspannten Ort, an dem er sich normalerweise aufhielt. Dies hier kam den schlechten alten Tagen vor der Akademie gleich. Javier hatte gedacht, er habe all das hinter sich gelassen.

Sykora betrachtete ihn eine Sekunde länger, ein Alphatier, das seinen Standpunkt klarmacht, bevor sie zurück und zur Seite trat. „Lassen Sie uns gehen, Yu."

Javier folgte dem Mann aus dem Maschinenraum und ein Deck höher hinauf auf das D-Deck. Beide schwankten wie Betrunkene, hielten sich am Handlauf fest, um zu verhindern, dass sie den steilen Treppenschacht wieder hinunterrutschten.

Sykora führte Javier zu seiner Zelle zurück und stieß ihn hinein. Sie entfernte die Handschellen und schnippte einen Energieriegel, die Sorte, die nach Sägemehl und purem Abwasser schmeckte, auf das Bett, bevor sie das Energiefeld aktivierte.

Javier war nur froh, dass das Feld an war. Es hinderte ihn daran, in diesem Moment etwas Dummes zu tun, das nur tödlich enden konnte. Nicht, dass er nicht darüber nachgedacht hätte. „Wie sieht es mit einer Dusche aus?", fragte er, nur gerade laut genug, um gehört zu werden.

Sie lächelte, eine zufriedene kleine Riesenprinzessin in ihrem Schloss. „Da ist ein Waschbecken", sagte sie. „Das Bett hat ein Laken." Und damit war sie verschwunden.

Javier setzte sich mitten auf das Bett. Dieses Frauenzimmer vermasselte ihm gehörig sein *Wa*. Er kreuzte seine Beine und begann zu meditieren.

TEIL DREI

Javier schlief nicht.

Er hatte sich am Waschbecken gewaschen und dann ein Nickerchen gemacht und mehrere Stunden lang meditiert. Mörderische Anwandlungen waren in die Tiefen seines Gehirns verbannt worden.

Für den Moment.

Aber vergessen waren sie nicht.

Diese Art Mensch war er nicht mehr. Sie würden ihn nicht dazu bringen, wieder so zu werden. Nicht heute.

Flucht hatte Priorität. Rache hatte Zeit bis später. Aber zunächst musste er überleben.

Ein Klopfen an der Tür brachte ihn zurück an die Oberfläche. „Javier?" Es war Maschinenmaat Yu.

Javier öffnete seine Augen einen Schlitz weit, sah einen Schatten außerhalb des Energiefelds stehen. Die Zelle war düster genug, dass er auf dem Bett fast unsichtbar war. Er begann seine Muskeln zu dehnen, damit sich alles lockerte, ohne dass eine Bewegung zu erkennen war. Sykora war nirgendwo zu sehen.

„Javier", rief Yu noch einmal, lauter. „Zeit aufzuwachen. Der Captain will Sie sehen."

Das ließ ihn die Augen öffnen. Für den Bruchteil eines Moments zog Javier in Erwägung, den schlanken Mann zu überwältigen und abzuhauen, doch es gab keinen Ort, an den er fliehen konnte. Er war eine Woche Flugzeit vom nächsten zivilisierten Ort entfernt und besaß kein Schiff. Zuerst das Überleben. Immerhin, es war Yu und nicht Sykora. Ein Silberstreif.

Langsam stieg Javier aus dem Bett. „Ja, Ilan", rief er, „ich komme." Er streckte sich, als er sich dem Energiefeld näherte. Er seufzte, hauptsächlich wegen des fehlenden Tees, der ihn am Morgen so richtig in Gang brächte. Das und frisch geernteter Honig machten das Leben im All um so vieles besser.

Mit einem Lächeln schaltete Yu das Energiefeld ab. „Bereit?"

Für einen Moment warf Javier ihm einen Seitenblick zu. „Keine Handschellen?" fragte er.

Yu grinste und schüttelte den Kopf. „Der Captain hat gesagt, wenn ich nett frage, würden Sie sich wahrscheinlich anständig benehmen", sagte er einfach.

Javier fühlte ein Frösteln am Grunde seines Magens. Piraten verhielten sich nicht so, nicht einmal die romantisierten in den Filmen. Sie waren halsabschneiderische Geschäftsleute.

Sie wollten etwas.

JAVIER FOLGTE Yu zum Büro des Captains und sah zu, wie er klopfte. Dank pneumatischer Technik glitt die Tür leise zur Seite. Javier folgte Yu in den Raum.

Wie zuvor, saß Captain Sokolov an seinem Schreibtisch.

Er sah genau so aus, wie ein Captain auszusehen hatte, wenn man den Filmen glaubte. Er hatte immer noch dieses Charisma-Ding, das Captains haben sollten. Javier hatte den Dreh dazu nie herausfinden können. Es half vermutlich dabei, Menschen wirklich zu mögen.

Sykora hatte offensichtlich heute Morgen beschlossen, sich in Schale zu werfen. Sie trug einen *Neu Berne*-Kampfanzug. Wenn man ihre Größe und ihre Masse bedachte, war er wahrscheinlich maßgefertigt. Auf alle Fälle war er frisch gebügelt. Zur Ausstattung gehörten eine Pistole und ein kurzer Säbel. Wahrscheinlich, um Eindruck zu schinden. Wahrscheinlich.

Sonst befand sich niemand im Raum.

Captain Sokolov lächelte Javier warm an und deutete auf einen Stuhl. „Bitte, Javier", sagt er freundlich, „nehmen Sie Platz. Yu, bleiben Sie in der Nähe. Ich möchte nachher mit Ihnen sprechen."

Yu vollführte etwas, das in manchen Kulturen einem Salut geglichen hätte, und verzog sich.

Javier ließ sich Zeit, Sykora zu begutachten. Nicht, dass er vorgehabt hätte, etwas Dummes zu tun. Jedenfalls nicht hier. Hauptsächlich um sich daran zu erinnern, sich nicht von der Riesin mit den schnellen Fäusten einschüchtern zu lassen. Er nahm Platz und fasste Captain Sokolov genau ins Auge. „Captain."

Ein langer Moment verging, während jeder der beiden Männer den anderen einschätzte.

Sokolov nahm einen Schluck aus seinem dampfenden Becher. „Ich wurde heute Morgen wach", begann er, „und mein Kopf fühlte sich besser an." Er nippte und betrachtete Javier genau, auf eine Antwort wartend.

Javier blinzelte einmal.

Der Captain fuhr fort. „Ich wollte Ihnen danken."

Javier nickte. Immer noch nicht bereit, verbindlich zu

antworten. Irgendetwas, das mit dem Fehlen einer Dusche und einer heißen Mahlzeit und Morgentee und der immer noch übel stinkenden Luft zu tun hatte, ließ seine Manieren an diesem Morgen scheußlich bleiben.

Sokolov schien zu verstehen. „Daher haben wir jetzt ein Problem."

Javier weigerte sich weiter, zu sprechen. Dass Sykora ihren Kampfanzug trug, konnte bedeuten, dass sie sich Mühe geben wollte, allerdings konnte die Kleidung auch für eine Exekution gedacht sein. Die Soldaten von *Neu Berne* tendierten dazu, Korinthenkacker zu sein. Er blickte zu ihr auf, ließ seinen Blick verweilen, sah sie erneut an. Sie blickte professionell-finster zurück.

„Ich habe mit Dragonerin Sykora gesprochen", fuhr Sokolov fort, „und sie hat mir berichtet, dass Sie den Umbau des Bio-Filters sehr professionell gehandhabt haben, was auch einschließt, dass Sie Yu gezeigt haben, wie man eine Überbrückung für eine durchgebrannte Nummer-6-Leitung herstellt."

Die Neugier übermannte ihn. „Warum kann Ihre Ingenieurin diese Systeme nicht am Laufen halten?", fragte Javier in die Pause hinein.

Er wurde mit einem peinlich berührten Blick belohnt, den Sokolov Sykora zuwarf, sowie einem tiefen Atemzug, als dieser versuchte, seine Gedanken zu ordnen. „Dalca ist eine Introvertierte von mittlerem Funktionsgrad", sagte er stockend, um sich zu konzentrieren.

Javier legte den Kopf schief. „Eine Menge Ingenieure sind das", antwortete er. „Das ist auch der Grund, warum sie Ingenieure werden."

Sokolov nickte. „Korrekt", sagte er, „und sie ist ziemlich gut. Allerdings …"

Javier wartete.

„Offenbar" fuhr Sokolov fort, „hat sie der Filter *gebissen*."

„Gebissen?", wiederholte Javier. Es dämmerte ihm. „Ah. Daher will sie ihn nicht anrühren."

Javier hatte es noch von niemandem besser erklärt bekommen. Etwas Schlechtes war jemandem mit einer bestimmten Maschine passiert, sie hatte diesen jemand *gebissen*, und daher entwickelte er das, was für einen extrovertierten Menschen wie ihn eine totale Neurose war. Introvertierte Menschen waren hervorragende Ingenieure — in den meisten Fällen. Und darin lag auch gleichzeitig die Kehrseite.

Sokolov nickte weise. „Exakt. Ich kann hier draußen schlecht einen neuen Maschinenmaat anfordern, und sie kann keine Leute anlernen."

Javier lächelte böse. „Dann viel Glück, Captain."

„Das bringt mich", sagte Sokolov, „zu Ihnen."

Javier spürte, wie ihm ein Schauer das Rückgrat hinaufkroch. Er spürte Sykoras Lächeln, ohne dass er zu ihr hinübersah.

Javier blinzelte.

Zumindest Sokolov hatte so viel Anstand, wegen der Worte, die aus seinem Munde kamen, gequält dreinzublicken. „Normalerweise", begann er, „würde ich Sie als ‚Arbeiter in Gefangenschaft' an eine der Minenkolonien verkaufen, mit denen wir gelegentlich zusammenarbeiten." Pause, um am Kaffee zu nippen und in Javiers Gesicht zu lesen. „In Ihrem Fall vielleicht auf einer der Landwirtschaftswelten, wo Ihre Expertise bezüglich Pflanzen und Tieren von Nutzen sein könnte."

Lange Pause. Javier weigerte sich, den Köder zu schlucken. Er war nicht bereit, den Captain von seinem eigenen Haken zu lassen.

„Abhängig von Umständen und Timing", fuhr Sokolov schließlich, die Stille unterbrechend, fort, „wären Sie bei solch einer Transaktion zweitausendfünfhundert bis dreitausend Credits für mich wert. Ich würde mich gerne mit Ihnen über Ehre unterhalten."

Javier prustete beinahe laut. Oder hätte losgestottert. Schwer zu sagen. In Filmen war das jedenfalls üblicherweise der Moment, in dem jemand sein Getränk über einen anderen gespuckt hätte. Er holte Luft, war aber vorsichtig im Hinblick darauf, wie nah er sich wohl am Rand der Klippe befinden mochte. „Ein Pirat, der über Ehre sprechen will?"

Sokolovs Gesicht nahm einen harten Ausdruck an. Wurde zum Gesicht eines Captains. „Ich spreche über zwei Akademieabsolventen in einer heiklen Situation. Und es geht nicht um meine Ehre. Es geht um Ihre."

Javier lehnte sich in seinem Stuhl zurück, als ihm plötzlich bewusst wurde, wie weit er sich vorgelehnt hatte. Ein Schlag ins Gesicht wäre weniger überraschend gewesen. Nun, vielleicht nicht, wenn man Sykoras Vorliebe für milde körperliche Gewalt bedachte. „Meine. Meine?"

„Ihre", betonte Sokolov. „Ich möchte Ihnen ein Geschäft vorschlagen."

Javier wäre froh gewesen, wenn er an diesem Morgen nicht hätte aufstehen müssen. Nichts von dem, was seither passiert war, hatte dazu beigetragen, diesen Wunsch zu ändern. „Ein Geschäft?"

Sokolov wartete auf mehr. Es kam nichts.

„Meine Crew", begann der Captain, „wird angemessen entlohnt. Für ein Schiff, dass sich auf beiden Seiten der Legalität bewegt, schlagen wir uns ganz gut. Ich würde Ihnen gern einen Vertrag auf Ehrenbasis anbieten. Ihr Lösegeld, wenn Sie so wollen, als ein Offizier und Gentleman. Ich werde Ihren Wert mit zweitausendfünfhundert Credits festsetzen. Als Raumfahrer Ersten Ranges könnten Sie diese Schuld als Mitglied meiner Crew in sieben Jahren abarbeiten, und danach wäre es Ihnen freigestellt zu gehen."

Javier widerstand dem Drang zu glotzen. Gerade so. Das

war definitiv nicht das, was er geplant hatte, als er heute Morgen aufgestanden war. Er erinnerte sich daran zu atmen. Und beschloss, hoch zu pokern. Das war immerhin das, was er am besten konnte. Da brauchte man bloß seine Exfrauen zu fragen. „Wie steht es mit Ihren Zenturionen? Wie viel verdienen die?"

Sokolov blinzelte, etwas aus der Bahn geworfen. „Meine Zenturionen", als Beispiel nickte er in Richtung Sykora, „sind am Gewinn beteiligt." Javier sah, wie er in seinem Kopf mit Zahlen jonglierte. „In Ihrem Fall vier Jahre, es sei denn, wir machen einen großen Fang."

Javier lehnte sich weit im Stuhl zurück und dachte nach. Verlieren, verlieren und verlieren. Sei eine Leiche, sei ein Sklave, sei ein Pirat. Zumindest zogen sich Piraten gut an. Vielleicht konnte er nach einer schicken Schärpe fragen. Man konnte nie wissen, wann man mal eine schicke Schärpe brauchte. Und, falls das Schlimmste eintraf, konnte er das Schiff sabotieren und das ganze Ding zum Teufel jagen, wenn sie ihn zu weit trieben. Das Universum zu einem besseren Ort machen.

Javier beugte sich vor und warf innerlich eine Münze. Rosenkranz und Güldenstern wären stolz auf ihn gewesen. „Ich habe Ihre Dragonerin und Ihre Ingenieurin getroffen", begann er. „Ich nehme an, Sie haben einen Kanonier, einen Bootsmann und einen Zahlmeister. Und die Krankenstation ist gut genug automatisiert, dass Sie keinen Chirurgen brauchen. Sie könnten mich als Ihren *Wissenschaftsoffizier* anheuern." *Kopf.*

Er beobachtete, wie Sokolov mentale Gymnastik betrieb. Der Mann schnaufte, aber er war nicht dran gewöhnt, sich mit Javier auseinanderzusetzen. Er würde es lernen. Oder auch nicht.

Javier wartete.

„Wozu in aller Welt", sagte der Captain schließlich,

„würde ein Piratenschiff einen Wissenschaftsoffizier brauchen?"

Javier lächelte. „In der Tat, wozu?"

Captain Zakhar Sokolov, kommandierender Offizier der privaten Abgriffskorvette *Storm Gauntlet*, ein Laufbahnoffiziersveteran der *Concord*-Flotte, und Pirat *extraordinaire*, blickte in seinen Kaffeebecher, als ob er die Zukunft aus dem darin zurückgebliebenen Satz lesen könnte. Wie es aussah, hatte er gerade einen Wissenschaftsoffizier angeheuert.

Und zwar Aritza.

Er war sich nicht sicher, ob das das Schlaueste war, das er je getan hatte, oder aber das Dümmste.

Sicher benötigte jedes freischaffend arbeitende Schiff wie seines jeden Vorteil, den er ihm verschaffen konnte. Würde dieser sarkastische Schnellsprecher sich als Segen oder Fluch herausstellen? Das würde nur die Zeit erweisen.

Er holte tief Luft, als Sykora zurückkehrte. Sie hatte Aritza auf den Gang eskortiert. Die Luke der Tür schloss sich flüsternd.

Sie hielten einen Moment lang Blickkontakt, bevor sie mit den Achseln zuckte und nach unten blickte.

„Yu", sagte er nach einer langen Zeit des Schweigens, „ist nicht raffiniert genug, um diesen Mann genau im Auge zu behalten, daher verlasse ich mich auf regelmäßige Berichte vom Rest der Crew."

Djamila Sykora, Dragonerin des Piratenschiffs *Storm Gauntlet*, Veteranin von Kämpfen zu Land, See und im All, Riesin und Hobbystrickerin, nahm direkt hinter der geschlossenen Tür Rührt-Euch-Stellung an. „Ich kann nah an ihm dranbleiben", erwiderte sie vielleicht einen Hauch defensiv.

Zakhar legte den Kopf schief. „Djamila", begann er, „als Sie ihm das erste Mal begegnet sind, haben Sie auf ihn geschossen. Beim zweiten Mal haben Sie ihn, laut den Berichten, zusammengeschlagen und ihm eine Gehirnerschütterung verpasst. Dann haben Sie ihn sieben Stunden lang arbeiten lassen, um den Bio-Filter zu reparieren, bevor Sie ihn wieder in die Brig geworfen haben." Er grinste ein wenig, während er eine Pause machte, um an seinem Becher zu nippen. „Wenn er ein Pferd wäre, würden wir sagen, Sie haben ihn hart geritten und danach nicht trockengerieben. Außerdem habe ich das Funkeln in seinen Augen gesehen, wenn er sie ansieht."

Er beobachtete, wie sie ihre massigen Schultern ein wenig mehr straffte. „Mit dem komme ich schon klar", sagte sie.

„Djamila", erwiderte der Captain, „er wird Sie nicht vorher warnen, wenn er Sie sich vornimmt."

Sie dachte darüber nach und lächelte unsicher. „Was tun wir also?"

Sokolov bedachte seine Optionen. „Sie und die Besatzung werden ihn wie jeden anderen Zenturio behandeln. Und beobachten Sie ihn scharf. Ich habe nicht versprochen, ihn nicht zu töten."

Er sah zu, wie sie salutierte, auf dem Absatz kehrt machte und mit all der Professionalität den Raum verließ, die er von ihr zu erwarten gelernt hatte.

Er hatte eine gute Crew. Würde das reichen?

BUCH ZWEI: SCHIFFBRUCH

TEIL EINS

JAVIER STAND IM RIESIGEN, höhlenartigen Lagerraum des Piratenschiffs und bedachte die Möglichkeiten, die sich ihm boten. Torpedos waren groß, teuer und im privaten Bereich schwer zu bekommen. Sokolov hatte die achtzig Abschussrohre auf dem E- und dem F-Deck auf zwölf nach vorn und sechs zur Seite ausgerichtete Rohre reduziert. Von diesen waren nur sieben tatsächlich geladen.

Der verbliebene Platz war für das Verstauen von Fracht bereitgestellt worden, überspannt von den Originalgerüsten und -spanten, sowie für ein kleines Flugdeck, auf dem sich ein ramponierter Transportschlepper befand, der sein Leben vor einem Jahrhundert als Angriffsshuttle in der *Daxing*-Marine begonnen hatte.

Sokolov hatte seine Drohungen wahr gemacht. Die *Mielikki* war in mehrere Teile zerschnitten und ausgeschlachtet worden. Sie war zu individuell hergerichtet und automatisiert gewesen, um sie überhaupt in weniger als anderthalb Jahren umzuprogrammieren, selbst wenn sich jemand in der Crew befunden hätte, der dazu in der Lage gewesen wäre. Und Javier würde dabei gewiss nicht helfen.

Ganze Teil der Außenhülle des kleinen Schiffs waren weggeschnitten worden, um Zugang zu den Maschinen, Sensoren und Sprungantrieben zu erhalten, damit sie ohne großes Aufhebens herausgerissen und an Bord der *Storm Gauntlet* gebracht und gelagert werden konnten.

Irgendwie hatte Javier die Piraten davon überzeugt, die Ladesektion der *Mielikki*, die die Baumschule und die botanische Station enthielt, zu schützen. Sie war verpackt, isoliert, wie der Kern aus einer Pflaume aus dem Kadaver der *Mielikki* geschnitten und dann auf das Flugdeck geschafft worden. Sokolov hatte sogar alle Gravitationsplatten in der hinteren Hälfte der Korvette abgeschaltet, so dass die Crew sie in den vordersten Frachtraum an Backbord hatte schieben und mit der Elektrik und dem Wassersystem des Schiffes hatte verbinden können. In ein paar Wochen, nachdem er die Lebenserhaltungsgeneratoren und die Bio-Filter noch weiter eingestellt hatte, würde er vielleicht die hydroponische Sektion extern anschließen und seine Fische das Wasser des Schiffs reinigen lassen.

Sollten sie ruhig Fischkacke trinken. Das wäre immer noch eine Verbesserung.

Javier tippte den Code in das Sicherheitsschloss und trat in sein Allerheiligstes. Der kommissarische Maschinenmaat Ilan Yu, jetzt sein Gehilfe, Bodyguard und Bewacher, war gleich hinter ihm.

Im Inneren packte Yu plötzlich seinen Ellenbogen. „Sind das echte Kirschen?", fragte er mit verwunderter Stimme.

Javier lächelte, als er den ersten Behälter Hühnerfutter aus dem Regal zog. „Allerdings", erwiderte er.

„Was werden Sie damit machen?"

Die Erkenntnis, in welcher Lage er sich befand, traf ihn hart. Javier runzelte die Stirn und zuckte die Achseln. „Wenn ich noch allein wäre", sagte er, „hätte ich die Hälfte gegessen und aus dem Rest Kirschwein gemacht." Als er noch keinen

Herrn und Meister außer der Langeweile gehabt hatte. Und Hühner.

„Ehrlich?", fragte Yu. „Kirschwein? So etwas gibt es?"

Javier seufzte leise in sich hinein. Immer dasselbe mit den Menschen. Es war fast so schlimm wie zu seinen Flottenzeiten. „Es ist so, Ilan. Frische Früchte halten ein paar Tage. Getrocknete Früchte halten ein paar Wochen. Eingelegte Früchte halten Monate. Aber fermentierte Früchte halten jahrelang."

Der große, dünne Asiate strahlte. „Wirklich? Das ist cool. Können wir welchen machen?"

Javier schüttelte den Kopf. „Ich fürchte nein", sagte er. „Diese sechzehn kleinen Preziosen gehen als Leckereien in die Offiziersmesse. Sagen wir, fünfzehn. Diese hier sieht schlecht aus." Javier pflückte eine rot-goldene Kugel von der Größe einer großen Murmel vom Ast und inspizierte ihre Perfektion.

Er reichte sie Yu. „Sie sollten diese hier essen und sich davon überzeugen, dass sie nicht ruiniert worden ist oder etwas in der Art." Auf seinem Gesicht lag ein gespielt ernstes Lächeln.

Yu nahm die Kirsche so ehrfürchtig entgegen, als wäre sie ein unbezahlbares religiöses Artefakt. „Wow. Danke."

Javier erntete das erste Lächeln des Tages. Oder dieser Woche. Schwer zu sagen. „Kauen Sie langsam, Ilan", sagte er. „In der Mitte befindet sich ein Kern, ein kleiner Stein. Er kann Ihre Zähne beschädigen, und Ihre Zähne können den Samen beschädigen. Ich will ihn behalten, ihn einpflanzen und mehr ziehen."

Yu aß seine allererste Rainier-Kirsche mit einem Ausdruck absoluter Ekstase auf seinen Zügen.

Während Yu abgelenkt war, öffnete Javier den Behälter Hühnerfutter und wühlte darin herum, bis er den Chip fand, auf dem Suvi gespeichert war. Gut, sie war immer noch in

Sicherheit. Mit keinem Ort, an den sie gehen konnte, nun, da ihr Schiff in seine Einzelteile zerlegt worden war. Aber zumindest hatte sie überlebt. Er drückte sie auf den Boden des Behälters und zog einen Messbecher voller Saatgut und Vitaminen heraus.

Im nächsten Raum fanden sie vier emotional geschädigte Hühner vor, die hungrig im Gemüsebeet scharrten. Die erste Ladung Körner lockte sie an, wobei sie ihn beschimpften, und sich gegenseitig, und das Gras, und alles andere.

Es waren eben Hühner.

⁂

Javier sah Yu dabei zu, wie er sich ihm gegenüber am Tisch niederließ und das Essenstablett in die Verriegelungen schob, damit es an Ort du Stelle gehalten wurde. Nach drei Stunden fühlte er sich leergeredet.

Yu war nicht kleinzukriegen. „Also, Javier", sagte er, eine Pause machend und einen peinlich berührten Ausdruck auf dem Gesicht. „Moment, in der Öffentlichkeit muss ich Sie Mr. Aritza nennen. Sie sind jetzt ein Zenturio."

Javier seufzte. Das war der Grund dafür, dass er nun Zivilist war. Dumme, kleinliche Regeln. „Ilan, nennen Sie mich, wie Sie wollen. Ich bin mir ziemlich sicher, dass Sykora sich irgendwann anschleichen und mich Scheißkerl nennen wird. Ich werde ihr vermutlich darauf antworten."

Yu zuckte die Schultern. „Der Captain hat den Laden hier fest im Griff", sagte er.

Irgendwie beendete das ihre Unterhaltung. Javier betrachtete das als ein Unentschieden und wandte sich wieder seinem ausgepressten Proteinmatsch zu, den der Messe-Computer als Pudding bezeichnete. Sein Rezept war besser, aber er verwendete anstelle von zerbröselten Industriechemikalien echte Rüben als Zucker. In ungefähr zwölf Tagen würde er einen ganzen Schwung goldener Rüben haben, die bereit für die Ernte waren. Dann würde er es ihnen schon zeigen.

Er beobachtete, wie ein Stück von ihnen entfernt ein Crewmitglied seinen Namen für die Lotterieziehung eintrug. Jeden Tag wählte der Computer willkürlich ein Crewmitglied aus der Liste aus, das frische Eier zum Frühstück zugeteilt bekam. Das brachte Javiers Morgenroutine zwar durcheinander, aber was er nun aß, kam dem Essen bei der Flotte nahe und es würde die Crew dazu bringen, dass sie dem neuen Offizier wesentlich wohlwollender gegenübertrat.

„Also, Ilan …" Javier kratzte mit seinem Löffel über den Boden der Schüssel. Nicht schlecht. Nicht so gut, wie er es hinbekäme, aber normal für ein Flottenschiff und damit ziemlich gut für ein Piratenschiff. „Was liegt Ihnen auf dem Herzen?"

Javier sah, wie sie sich der Boden zwischen ihnen auftat.

„Nun, Sir", sagte Yu. Sie waren nun ein Besatzungsmitglied, das einen Zenturio ansprach, und nicht mehr zwei Kerle die zusammen zu Mittag aßen. „Was tut ein Wissenschaftsoffizier eigentlich?" Er nippte an irgendwas in einem birnenförmigen Glas. „Ich meine, außer Hühner und Gemüse und so etwas zu züchten."

Javier dachte einen Moment darüber nach. Zwei Wochen waren bereits vergangen. Er fiel bereits in die Flottenroutine zurück.

Igitt.

„Heute", sagte er, „werde ich eine neue Sensorreihe kalibrieren, die aus meinem Schiff, der *Mielikki*, entfernt wurde. Die Maschinen- und Schadenskontrolle hat vor zwei Schichten endlich alles wieder verkabelt." Javier trank ein wenig *Tee*, wobei er beim Geschmack zusammenzuckte. „Irgendwann werden sie dann Ihre alten entfernen und Platz im Schiffskörper schaffen."

Yu lauschte gebannt. „Sind die denn so viel besser als unsere?"

Javier dachte an die Daten, zu denen die *Storm Gauntlet* und die *Mielikki* vom Stapel gelaufen waren. „Yu", sagte er lächelnd, um seinen Worten die Spitze zu nehmen. „Die *Mielikki* war ein Sondierungskutter, der für Erkundungsflüge ausgerüstet wurde. Meine Untersuchungsvorrichtungen sind wahrscheinlich sechs- oder achtmal stärker als Ihre. Die *Storm Gauntlet* ist ein Kriegsschiff. Sie schießt auf Dinge und fliegt dann weiter. Ich bin daran gewöhnt, zwei oder drei Tage lang am Rande eines Systems herumzusitzen und die Mondumlaufbahnen für Planeten auf der entfernten Sonnenseite zu vermessen, bevor ich näher heranspringe." Er nahm einen weiteren Schluck. „Viel besser."

Yu nickte, wie zu sich selbst, und machte sich über sein Essen her. „Klingt gut, Sir", sagte er zwischen den Bissen. „Lassen Sie mich aufessen und dann eskortiere ich Sie auf die Brücke."

Javier bemühte sich, den finsteren Blick von seinem Gesicht fernzuhalten. Yu machte bloß seinen Job. All das Gerede über Ehre und Lösegeld hielt den Captain nicht davon ab, ihm auf jedem seiner Wege einen Aufpasser und Begleiter mitzugeben.

Könnte aber schlimmer sein. Zumindest hatte Sykora sich ferngehalten.

JAVIER WUSSTE ES BESSER, als es dem Glück zuzuschreiben. Sogar dem Unglück.

Gerade als er sich an seiner neuen Arbeitsstation auf der Brücke niederließ, kam Sykora herein und begab sich an einen Platz ihm gegenüber auf der anderen Seite der Brücke. Heute Morgen trug sie eine Pistole. Ungewöhnlich. Und hatte ein wunderbar freies Schussfeld in seine Richtung, wenn sie es wollte. Nicht ungewöhnlich.

Javier entschied sich, nichts zu Yu zu sagen. Sie war wahrscheinlich eine so gute Schützin, dass es keine Kollateralschäden geben würde, sollten die Dinge aus dem Ruder laufen. Nicht, dass er heute geplant hatte, etwas Dummes zu tun. Nicht hier.

Er beobachtete, wie der Maschinenmaat sich an der Arbeitsstation gegenüber der seinen niederließ und Javiers Anzeige spiegelte, sodass er zusehen und lernen konnte.

Javier entschloss sich, den Silberstreif zu finden, und zog die Kopfhörer hervor. Er reichte sie Yu, während er ein paar Knöpfe drückte, um Yus Display in den Trainingsmodus zu schalten, in dem sein eigener Bildschirm eine Ecke einnahm.

Yus Gesicht bekam einen Ausdruck von Panik. „Was ist passiert?", flüsterte er.

Javier grinste. „Setzen Sie sie auf", sagte er, „und fangen Sie an, sich durch die Trainingssimulationen zu arbeiten." Er machte es sich in seinem Sitz gemütlich und sprang durch die Optionen. „Ich werde die nächsten drei Stunden kalibrieren, und irgendwann werden Sie wissen müssen, wie all dieses Zeug funktioniert, wenn Sie mein Assistent bleiben wollen."

Yu entspannte sich, schnallte sich selbst an und begann mit der Art Zielstrebigkeit zu arbeiten, die er bereits im Bio-Filter gezeigt hatte. Wenig Vorstellungskraft, aber viel Enthusiasmus. Javier hatte schon schlechtere Unteroffiziere gehabt, die früher für ihn gearbeitet hatten. Er sah hinüber, als der Captain aus seiner Tageskabine trat und den wachhabenden Bordschützen ablöste.

Sokolov durchbohrte ihn mit einem Blick quer über die Brücke, in der all die Ernsthaftigkeit lag, die jemand in seine Position als *Der Captain* legen konnte.

„Mr. Aritza", sagte er, ein kommandierender Offizier, der

einen Junior-Zenturio auf einem neuen Deck ansprach. „Sind wir bereit fortzufahren?"

Javier musste dem Drang widerstehen zu salutieren oder etwas Ähnliches zu tun. Zu viel von der Flotte drängte zurück an die Oberfläche. Er wollte dieser Mensch nicht mehr sein. Ein Blick zu Sykora. Oder das Mittagessen für die Schwarze Witwe in der Ecke. „Bestätigt, Captain", sagte er zackig. „Warte auf Ihren Befehl."

Sokolov nickte. „Wie sind unsere technischen Daten, Mister?"

Javier entschied sich mitzuspielen. Der Captain zog eine Show für den Rest der Brückenbesatzung ab, Leute, die für Javier zum größten Teil Fremde waren, unvorbereitet auf den plötzlichen Ausbruch von bissigem Sarkasmus in ihrer Mitte. „Nun, Sir", entgegnete er. „Wie gut ist die *Storm Gauntlet* im Vergleich zur alten *Bannockburn*?"

Für eine Sekunde sah Javier ein leichtes Grinsen über den Mund des Captains huschen. Nur zwei Akademieabsolventen konnten dieses Gespräch führen. Es führte zu einer guten Stimmung, vor allem weil der Rest wahrscheinlich Ausgestoßene und der Abschaum aus diversen Marinen war, die aufgrund von Trunkenheit, Temperament oder Budgetkürzungen an Land ausgesetzt worden waren. „Ohne einen engagierten Wissenschaftsoffizier", verkündete der Captain, „ist sie wahrscheinlich vergleichbar mit der Trainingskorvette der Akademie. Vielleicht fünf bis zehn Prozent besser auf kurze Distanz. Weniger auf größere Distanz."

Also ungefähr so, wie Javier es bei einem Schiff wie diesem angenommen hatte. Die Sensoren waren billig und haltbar und wahrscheinlich älter als die Hälfte der Besatzung. „In dem Fall, Captain, würde ich nach der ersten Kalibrierung eine Verbesserung um den Faktor vier oder fünf erwarten, danach um den Faktor sechs. Wenn ich Zugang zu der Art getunter Automatisierung hätte, wie sie für meinen alten Sondierungskutter geschrieben worden ist, bis zu zehn."

Javier konnte das Keuchen und Schnauben um sich herum hören, was ganz davon abhängig war, ob die Leute ihm glaubten oder nicht, oder dachten, dass er nur angab. Er schenkte der ganzen Brücke ein raubtierhaftes Lächeln, wobei er einen speziellen Moment lang bei Sykora verweilte. Sie hätte auch aus weißem Marmor gemeißelt sein können.

Er wandte sich an den Navigator, einen großen Holländer, der sich mit seinem Job auszukennen schien. „Wenn Sie zusehen möchten, könnten wir Bildschirm Vierzehn auf dem Hauptschirm anzeigen lassen." Der Mann nickte ihm zu. „Fünfzig Prozent Transparenz, bitte. Dreißig Prozent Überlagerung."

Der große Bildschirm vor dem Captain teilte sich in zwei Bilder auf, die beinahe identisch waren, wobei die alten Messwerte auf der linken Seite und die der *Mielikki*, die der Kalibrierung der *Storm Gauntlet* angepasst worden war, auf der rechten angezeigt wurden.

Javier hieß das gut. Der Mann war entschlossen und professionell. Sokolov schien in der Lage zu sein, sich mit guten Leuten zu umgeben. Dass sie alle an der höchsten Rahe aufgeknüpft werden würden, würde wahrscheinlich dazu führen, dass er sich schlecht fühlte. Später. Für eine kurze Zeit.

„Captain", fuhr er fort, „erbitte Erlaubnis, das System anzupingen, um mein Basissystem einzuspeisen."

Sokolov spielte brav mit. „Erteilt."

Mit einem Passwort schaltete Javier ein Bedienelement auf seinem Touchscreen frei und drückte den freigegebenen Knopf. Wie jedes Standardsensorkontrollsystem im All, gab es einen Ton von sich, der dem „Ping" eines alten, nassen Marinesonars entsprach. Er lächelte. Irgendein Ingenieur hatte damit vor Jahrhunderten seine persönliche Form der Unsterblichkeit erlangt.

Er stoppte und blickte auf seinen eigenen Schirm, der von der Bildschirmmaske überdeckt wurde, auf der er Yus Training überwachte. In einem Umkreis von mehreren Lichtminuten sollte nichts existieren, das eine Antwortwelle generieren konnte. Das war der langweilige Teil, den er immer Suvi überließ.

Nach mehreren Minuten öffnete er die Konfiguration und begann, daran herum zu werkeln. Das System hatte etwa elf Stunden passive Daten, mit denen es sich beschäftigen musste. Er begann damit, die Dinge mit den Basiswerten, die er schon aus Jahren der Arbeit mit dieser Hardware kannte, so abzugleichen, als ob alles neu für ihn wäre. Es gab keinen Grund sie wissen zu lassen, wozu er tatsächlich im Stande war.

Ein kleiner roter Diamant erschien auf dem Schirm, als der Computer damit anfing, Geräusche aus dem Signal herauszuwaschen. Sokolov schien genauer aufzupassen, als er zu erkennen gab. Er beugte sich vor. „Mr. Aritza?", war alles, was er sagte.

Javier hatte das Signal bereits angewählt und dekodierte die darin enthaltene Information. „Einen Moment", sagte er.

Das kann nicht stimmen.

Oder doch?

Hä?

„Captain", sagte Javier in die bedeutungsschwangere Stille hinein. „es scheint sich um einen sehr alten Notsender auf dem vierten Planeten zu handeln, der bewohnbar zu sein scheint." Dabei sollte er es belassen. Er brauchte wirklich mehr Informationen, um genauere Rückschlüsse zu ziehen. Besser, sich in diesem Augenblick dumm zu stellen und später eine Show abzuziehen.

Sokolov riss seine Augen vom Schirm los, um zu ihm hinüberzusehen. „Wie alt, Mister?"

Javier konnte die Gier in seiner Stimme hören.

Gier? Klar, Piraten. Es geht nur ums Geld.

„Sir", sagte er. Verdammt, es war genau wie in den alten Flottentagen. Vielleicht sollte er seinen Monitor lavendelfarben anstreichen oder etwas in der Art. Nur um sich daran zu hindern, ernsthaft und so zu werden. „Wenn die Absturzzeit, die gesendet wird, korrekt ist, mindestens siebzehn Jahre." Aber. „Allerdings ist die Energiequelle extrem schwach und befindet sich weit jenseits ihrer erwarteten Lebensdauer." Und nun der Hammer. „Normalerweise hätte man sich im Orbit befinden müssen, um es aufzufangen, wenn man nicht danach gesucht hätte." Oder wenn man nicht gerade jemanden angeheuert hätte, der Experte dafür war, dass Sensorsysteme mehr als ihre Basisfunktionen erfüllten.

Sokolov stellte in seinem Kopf Berechnungen an. „Das deutet darauf hin, dass es Überlebende gibt, die es Instand halten, oder zumindest auf gute Instandhaltungsroboter", sagte er. Er wandte sich an den Navigator. „Mr. Alferdinck, legen Sie einen Sprungkurs an, der uns in die Nähe bringt. Miss Sykora, bereiten Sie ein Landungsteam vor und wecken Sie Smith auf, damit er Sie hinfliegt." Das Beste hob er sich bis zum Schluss vor. „Mr. Aritza, Sie werden Sykoras Team begleiten, um das Wrack zu untersuchen."

Javier glotzte ihn, völlig aus der Bahn geworfen, an. „Was weiß ich denn über Xeno-Archäologie?"

Sokolov bekam dieses bösartige Captainsgrinsen. „Allein durch den Umstand, dass Sie das Wort kennen, sind Sie dem größten Teil der Crew schon voraus, Javier. Aus diesem Grund habe ich einen Wissenschaftsoffizier angeheuert."

Javier fluchte innerlich, während er sich von seinem Sitz abschnallte. Der Mann war einfach zu gut in seinem Job.

Auf der einen Seite würde es nicht langweilig sein.

Auf der anderen Seite würde es eine ganz schöne Aufgabe sein, diese Leute lange genug zu überleben, um sie alle verhaften zu lassen.

Scheiße.

TEIL ZWEI

JAVIER SCHNAPPTE sich Yu und sah mit ihm auf dem Frachtdeck vorbei, um eine kurze Unterrichtsstunde abzuhalten.

„Okay, Ilan", sagte er, „da ich auf unbestimmte Zeit auf dem Planeten dort unten sein werde, sind Sie verantwortlich für die Fütterung der Hühner. Erster Schritt ist das Auffinden. Ich werde hier warten."

Yu glotzte ihn kurz an, setzte dann sein ernstes Gesicht auf und machte sich auf den Weg nach Achtern.

Javier ließ einen Atemzug entweichen und packte den Futterbehälter. Er stellte ihn auf den Tresen, öffnete ihn und stieß seine Hand hinein.

Da. Suvi.

Er schloss seine Faust und zog seine beste Freundin heraus, ließ sie in seine Tasche und in Sicherheit gleiten. Wenn sie sie gefunden hätten, wäre sein Leben keinen Eimer warmer Spucke wert gewesen.

Yu stampfte zurück in die Botanikstation. „Habe sie gefunden", strahlte er. „Sie schlafen in den Apfelbäumen."

„Gut", entgegnete Javier. Er deutete auf den Futtereimer.

„Das ist Hühnerfutter. Machen Sie sich heute keine Sorgen über das Nachfüllen. Ich habe noch mehr im Kühllager." Er hob ihn hoch und übergab ihn in Yus verständnislosen Griff.

Ilan sah irgendwie verloren aus, was der Sinn der Sache war.

„Was jetzt?", sagte er leise.

Javier lächelte. „Jetzt öffnen Sie ihn, füllen die Schaufel zur Hälfte, schließen den Eimer und folgen mir in die vordere Nische, wo die Obststräucher sind."

Er machte eine Pause, während Yu das tat, ein Bild ernsthafter Gelehrsamkeit. Sie gingen nach vorne.

Umgeben von den Obststräuchern und Meta-Zwerg- und säulenartigen Obstbäumen, schenkte Javier Yu einen ernsten Blick. „Okay. Und jetzt gackern Sie."

„Verzeihung?" Yus Gesicht verlor jeden Halt.

„Gackern Sie", sagte Javier. „So." Er erzeugte das Geräusch mit Hilfe seiner Zähne und seiner Zunge.

Yu wiederholte das Geräusch ansatzweise. Ein paar Mal.

„Gut", sagte Javier. „Athos wird Sie üblicherweise als Erste finden. d'Artagnan wird mit an Sicherheit grenzender Wahrscheinlichkeit die Letzte sein. Bleiben Sie einfach hier stehen und gackern Sie, bis alle vier da sind, und streuen Sie ein paar Körner aus, wenn jedes von ihnen erscheint."

Javier trat zurück, als die erste hungrige Dame mit aufgeregt flatternden Flügeln erschien.

Yu ließ etwas von dem Getreide zu Boden fallen und stand plötzlich knöcheltief in Hühnern, als zwei weitere ihn umzingelten.

„Gut, Ilan", strahlte Javier. „Machen Sie das jeden Morgen ungefähr zu Beginn der Tagesschicht. Und stellen Sie sicher, dass Sie ihre Wasserschale im Gemüsegarten überprüfen. Sie werden sie wahrscheinlich alle drei Tage oder so füllen müssen."

„Was ist mit Ihnen?", fragte Yu ein wenig panisch.

„Ich werde auf dem Planeten sein, wahrscheinlich mindestens für ein paar Tage. Viel Spaß.”

Javier verließ den Raum, ging den Gang hinunter und verließ die Baumschule.

Für den Moment befand sich Suvi in Sicherheit. Nun musste er es nur schaffen, zu verhindern, dass er von der verrückten Drachen-Lady umgebracht wurde.

ACHTERN, auf dem Flugdeck, beschloss Javier, dass er den Angriffsshuttlepiloten wirklich mochte. Delridge Smith war ein grauhaariger Irrer, der Hawaii-Shirts bevorzugte und ohne Unterbrechung redete.

Das kleine Flugdeck für das Angriffsshuttle, das vom achtern gelegenen Abschnitt durch eine massive Luftschleuse getrennt war, war ausgestattet wie ein merankorrianisches Bordell, überall Pink und Pastell, mit terranischer Musik aus der Karibik, die leise im Hintergrund spielte. Javier sah zu, wie der Mann eine sehr detaillierte und gründliche Vorflugkontrolle durchführte, wobei er buchstäblich alles berührte, während er die ganze Zeit im Flüsterton mit sich selbst sprach.

Javier fühlte sich bereits durch das Zusehen sicherer.

Er spürte es, als Sykora eintraf.

Er fühlte sich immer noch sicher. Vielleicht.

Sie trug Feldausrüstung: nicht viel Panzerung aber eine Menge Tarnfarbenmuster, die sich langsam bewegten, während er sie anstarrte. Es sah irgendwie aus wie Brotbacken und hatte diesen langsamen Blubbereffekt, während dessen sich Punkte und Streifen herauskristallisierten. Er war sich nicht sicher, ob er nicht reisekrank werden würde, wenn er lange genug hinstarrte.

Sykora war bis an die Zähne bewaffnet mit einem Messer,

einer Pistole an ihrer Hüfte, einem weiteren Messer, einer zweiten Pistole in einem Schulterhalfter und einem großen, fies aussehenden Kampfgewehr auf ihrem Rücken. Er hatte Straßengangs gekannt, die schlechter bewaffnet gewesen waren. Andererseits waren auch die meisten von denen weniger gefährlich gewesen wie diese Frau.

Außerdem trug sie einen Rucksack, der ihm bekannt vorkam. Seinen. Sie trat zu ihm und reichte ihn ihm mit einem simplen: „Hier."

Javier machte ihn auf und sah hinein. Im Großen und Ganzen war alles an seinem Platz. Er lächelte zu ihr hinauf. „Danke, dass Sie ihn ordentlich neu gepackt haben. Ich habe Ihnen doch gesagt, die einzige Feuerwaffe, die ich besitze, war in meiner Kabine."

Sie zuckte die Achseln. „Es war trotzdem nötig, das zu bestätigen." In ihren Augen lag ein gewisses Maß an Widerwillen, aber der konnte auch jemandem gelten, der nicht genug Waffen besaß, um sie zu beeindrucken.

Er entschloss sich, trotzdem zu fragen. „Besteht die Möglichkeit, dass ich sie zurückbekomme, da wir uns auf die Oberfläche eines wahrscheinlich feindlichen Planeten begeben?" Er bemühte sich sogar, charmant zu klingen.

Sie lächelte ihn an, wie es Erwachsene mit wildgewordenen Achtjährigen tun. „Sie werden mich dabeihaben", sagte sie gleichmütig. „Ich werde Sie vor bösen Männern beschützen."

Javier war sich sicher, dass nicht einmal Ghandi genug Willenskraft aufgebracht hätte darauf nicht mit einem Augenrollen zu reagieren. Er war nicht Gandhi, also tat er es. Und zog dann seine Sensorfernsteuerung hervor und betätigte die Einstellungen, um sicherzustellen, dass alles bereit war.

Sie beugte sich über seine Schulter. „Was ist das?", sagte sie, wobei sie sich wenigstens bemühte, nett zu klingen.

Er blickte seitwärts und an ihr hoch, war ihr nahe genug, um sie zu küssen oder zu beißen. Entscheidungen über Entscheidungen. „Ein autonomer, luftgestützter Kurzstreckensensor", sagte er, während er ihn aus dem Rucksack zog. Er sah aus wie eine knubbelige graue Grapefruit.

Javier schaltete das Gerät ein und warf es sanft in die Höhe wie einen Strandball. Es schwebte ungefähr einen Meter über seinem Kopf, rotierte ein paar Mal, während es das Flugdeck kartographierte, und begann dann, langsam durch den Raum zu kreisen.

Javier holte den dazu passenden tragbaren Computer aus dem Rucksack und schaltete die Übertragungssteuerung ein. Der Raum wurde visuell, mit Ultraschall, Radar und Infrarot erfasst, wobei eine Anzahl von Skalen und Anzeigen Javier diverse Messungen bezüglich Menschen und Ausrüstung anzeigten.

Sykora betrachtete ihn mit professionellem Blick. „Ist das Ding mit Waffen ausgestattet?" Natürlich. Man konnte sich auf die Killerin verlassen, *dieses Thema* sofort anzusprechen. Trotzdem war eine zwei Meter große Mauer aus professioneller Paranoia nicht die schlechteste Vorstellung, die er an diesem Tag gehabt hatte.

„Nicht dieses Modell." Javier drückte die Rückruffunktion und beobachtete, wie der Sensor sich leicht auf seiner Handfläche niederließ. „Ich lande selten auf einem Planeten, ohne ihn vorher genauestens zu scannen, sodass ich weiß, wo die gefährlichen Fleischfresser sich herumtreiben. Dies hier ist vor allem für die Arbeit auf kurze Entfernung gedacht, wie beispielsweise in Höhlensystemen."

Sie war immer noch eine Expertin. „Oder havarierte Raumschiffe", sagte sie, bereits ihre taktische Planung anpassend. Erschreckend. Gut, aber erschreckend.

Der Pilot bewahrte ihn vor weiteren Kommentaren, als er

zu ihnen hinüber schlenderte. „Wann immer Sie bereit sind, Sykora", sagte er. „Besetzen wir die Geschütztürme auf dem Weg nach unten?"

Sie schüttelte den Kopf. „Das ist keine heiße LZ, Del", antwortete sie, während sie die Besatzungsmitglieder zählte, um sicherzustellen, dass alle da waren. „Ich fliege hinten bei den anderen mit."

„Wie Sie wollen", sagte er. Er wandte sich um und ging das große hintere Landedeck hinauf und in die kleine Luftschleuse. Während Javier zusah, grinste ihn der Mann an, winkte und verschloss die Luke mit einer Umdrehung des Rades.

Sykora beendete ihre Zählung und blickte sich um. „Aufsitzen, Leute", rief sie, während sie die Rampe hinaufging.

Javier sah zu, wie ein halbes Dutzend Leute der Reihe nach in das Shuttle vor ihm marschierten. Zwei waren offensichtlich Security-Schläger, die wie ihre Vorgesetzte bis zu den Zähnen bewaffnet und gepanzert waren. Zwei Frauen, die aussahen wie Scouts. Ein paar der regulären Besatzung waren ihm entfernt aus dem Maschinenraum bekannt.

Im Inneren fand er Sykora auf einem Notsitz am oberen Ende der Rampe vor. Sie klopfte auf den Sitz neben sich. „Aritza", sagte sie im Kommandoton, „Sie sitzen hier." Ein Sitz war so gut wie der andere, daher ließ sich Javier dort nieder und schnallte sich an, während sie zusah. Sie nickte, als er fertig war, offensichtlich zufrieden, dass er keine völlige Landratte war. Wenn sie nur geahnt hätte.

Sykora setzte sich einen Kampfhelm auf und schaltete ein Mikrophon ein. „Gunship One, wir sind bereit zum Start."

Ein blinkendes rotes Licht flammte auf, gefolgt von einem dröhnenden Horn, und dann hob sich die Rampe und schloss sich mit der Feierlichkeit eines Banktresors. Gleichzeitig ging die Innenbeleuchtung an, und das Shuttle begann zu vibrieren und zu summen, als der Pilot seine Systeme hochfuhr.

Ein Stoß in die Rippen, gerade als er seine Augen schloss, sich zurücklehnte und darauf vorbereitete, ein Nickerchen zu machen. „Sie wollen das alles verschlafen?" Sykora wirkte schockiert.

Javier zuckte die Achseln, jedenfalls soweit es sein Fünf-Punkt-Gurt zuließ. „Ist nicht mein erster Flug mit einem Angriffsshuttle, Lady", sagte er über den sich steigernden Lärm hinweg. „Wir brauchen wahrscheinlich fünfzehn Minuten, bevor wir weit genug vom Schiff entfernt sind, vierzig Minuten im Orbit, um die Fenster für den Bodeneintritt abzustimmen und dann eine Stunde, um tief genug zu gehen, dass wir die Tragflächen ausfahren können. Eine weitere Stunde, um einen Landeplatz zu finden und zu landen."

Sie warf ihm einen professionell finsteren Blick zu. „Wir müssen noch den Plan für nach der Landung durchsprechen."

Javier warf ihr ein entspanntes Lächeln zu. „Ich bin Wissenschaftler, Sie sind die große, dumme Granatenstemmerin. Ich scanne das Wrack. Sie schießen auf Dinge. Ist gar nicht so kompliziert." Er schloss die Augen und lehnte sich zurück.

Diesmal stieß sie ihn fester an. „Ist es das, was Sie von mir denken?", fragte sie. In ihrer Stimme lag eine neue Schärfe. „Nur eine weitere Killerin?"

Javier konnte nicht widerstehen. Er hatte etwas bei ihr gut. Sogar mehrfach, wenn er es recht bedachte. Er öffnete die Augen, ließ sie über ihren ganzen Körper wandern, verweilte an den weiblichen Stellen, bevor er Augenkontakt herstellte. „Ja." Und dann schloss er die Augen wieder und blendete sie aus.

TEIL DREI

Sykora bezog ihre Landeposition, in der sie festgeschnallt wurde, während die letzte Treibstoffverbindung sich mit einem „Ping" löste, das hohl durch das Shuttle echote.

Djamila kochte vor Wut.

Wie immer war es nur innerlich. In der Gesellschaft von *Neu Berne* waren Image und soziale Stellung alles. Als Tochter eines Handwerkers und einer ehemaligen „Unterhalterin" hatte sie das früh gelernt. Die Marine hatte ihr eine offene Gesellschaft versprochen, in der man nur aufgrund seiner Verdienste und seines Könnens aufstieg. Und so war es, bis zu einem gewissen Punkt, auch gewesen. Sie hatte beweisen müssen, dass sie besser war als jeder andere Mann und jede andere Frau, um akzeptiert zu werden.

Aber das hatte sie. Oh ja, das hatte sie. Die Erste in ihre Trainingsgruppe. Rekordergebnisse in körperlicher Fitness, auf dem Hindernisparcours und beim Überlebenstraining. Taktische Eliteschule. Zero-G Kampfschule, in der sie ihren Spitznamen „Ballerina des Todes" für ihre Fähigkeit erhalten hatte, sich in einer Panzerung mit Antrieb mit einer Waffe in jeder Hand dreidimensional zu bewegen.

Sie war die Beste gewesen.

Es war sogar gut genug für ein armes, verwahrlostes Arbeiterkind ohne Familienbeziehungen und Universität gewesen, um zur Offizierin und Frieholderin ernannt zu werden. Aber es hatte nicht dafür gereicht, dass sie akzeptiert wurde. Nicht von der Elite der Marine von *Neu Berne*.

Nicht von *ihnen*.

Sie waren die Nachkommen von Generationen im Dienst des Militärs, untereinander verheiratet bis zu einem Grad, der beinahe inzestuösen Charakter annahm. Geld. Macht. Verbindungen. Die richtigen Internatsschulen. Die richtigen Sommerurlaube in denselben reichen Enklaven und auf den selben terra-geformten Monden. Sie konnte immer noch ihr höhnisches Grinsen sehen, als sie sie *willkommen* hießen, das arme Mädchen, das sich so weit über ihren gesellschaftlichen Stand erhoben hatte. So weit.

Sie war nie akzeptiert worden. War nie eine von *ihnen* gewesen. Sie erinnerte sich an ihren letzten kommandierenden Offizier, der erklärt hatte, sie sei gut genug, um befördert zu werden, es bestünde jedoch kein Interesse an ihr von Seiten der mächtigen Akteure, der ausreiche, um ihre Karriere voranzutreiben. Sie steckte in einer Sackgasse. Das genügte, um sie ihren Abschied nehmen zu lassen und sich in die Tiefen des Alls zu begeben, wo Leute wie dieser nicht ihre Bestimmung kontrollierten.

Und nun saß direkt neben ihr jemand, der wieder auf sie herabsah, ein weiterer von *ihnen*. Ein weiterer Elitearsch von der *Concord*-Akademie auf nichts Geringerem als *Bryce*, der dachte, sie sei nur eine weitere gut ausgebildete Bulldoggenhündin.

Captain Sokolov war der einzige Vorgesetzte, der sie jemals als Person betrachtet hatte. Er hatte sie davor bewahrt, in den Abgrund zu stürzen, als sie vom Weg abkam. Er hatte ihr wieder eine Heimat gegeben, eine Bestimmung, einen Job. Er war der Captain.

Daher kochte Djamila vor Wut. Sie zog in Erwägung, Aritza so wie neulich gegen das Schott zu knallen. Es würde ihr guttun, auf ihn einzuhämmern.

Aber würde ihn das nicht nur davon überzeugen, dass sie nichts Anderes war, als *eine weitere dämliche Granatenstemmerin*? Würde das *ihre* Annahme nicht bestätigen? Dass sie exzellent dazu geeignet war, Türen einzutreten, aber nicht jemand, den man auf eine Cocktailparty einlud? Eine gut ausgebildete Bulldoggenhündin?

Sie würde sie nicht gewinnen lassen.

Ihr Kiefer tat weh vom Zähnezusammenbeißen.

Djamila zwinkerte, überrascht von dem plötzlichen Aufwallen von Emotionen, die sie überfluteten. Normalerweise war sie die Ruhe selbst. Dieser Fiesling drückte all die richtigen Knöpfe bei ihr.

Sie würde daran arbeiten müssen. Und beweisen müssen, dass sie, dass *er* falsch lag.

Sie lächelte hart. Völlig falsch.

***

DER FLUG nach unten verlief reibungsloser, als Javier es je in einem Angriffsshuttle erlebt hatte. Es war eher so, als flöge man in einem VIP-Transporter mit einem Admiral.

Er mochte den Piloten wirklich.

Und die verrückte Oger-Lady neben ihm hatte ihn die ganze Zeit über in Ruhe gelassen.

Er hatte beinahe erwartet, dass sie ihm noch mehr Kummer und Ärger bereiten würde. Der Himmel wusste, dass er haarscharf davon entfernt war, sich absolut unverschämt zu benehmen. Es war, als würde man einen schlafenden Bären oder einen fehlenden Zahn pieksen. Unwiderstehlich.

Und ihr brannte schnell die Sicherung durch. Aber diese Militärtypen – nur Strukturen und Muster – gingen ihm wirklich auf die Nerven. Er konnte einfach nicht widerstehen. Selbst die Gesellschaft der Hühner war angenehmer.

Mehr als einmal hatte Javier die Augen geöffnet, um hinüber zur Dragonerin zu sehen, und sich gefragt, ob sie eingeschlafen war. Aber ihre Augen waren offen gewesen, nur verloren in tiefen Gedanken. Wahrscheinlich plante sie Schussbahnen und organisierte Wacheinteilungen: irgendetwas sehr militärisches.

Draußen wurde das Pfeifen der Luft entlang des Rumpfes durch ein sanftes Rumsen ergänzt, als die Tragflächen ausgefahren wurden und sich sanft durch die sich verdichtende Luft fraßen. Javier gähnte und streckte sich. Wirklich, er mochte diesen Piloten.

***

LEMUEL BLICKTE mit leichter Überraschung zu dem donnernden Geräusch hinauf. Der Tag war klar und kalt und mit einer netten Herbstbrise herangedämmert. Eigentlich sollte es keinen Regen geben.

Ein Aufblitzen von Licht am nördlichen Himmel. Bewegung. Es dauerte mehrere Sekunden, bis sein Gehirn das Bild eines gigantischen, grau-schwarzen Vogels zu einem Fluggerät verarbeitete, das sich näherte, zweimal kreiste und dann nach Osten zu der grasbewachsenen Ebene flog, wo die Herdentiere im Frühjahr kalbten.

Die Zeit der Technologie war Jahre her.

Ein verirrter Gedanke schoss ihm durch den Kopf.

Andere kamen. *Fremde*, die seine jungfräuliche Wildnis verletzen wollten. Er würde *sie* angemessen empfangen müssen. Er ging den Hügel ein paar Schritte hinab, dorthin, wo Anya, Mohr und Thomas begraben lagen. Sie hatten nicht lange genug durchgehalten, um diesen Tag zu erleben.

Lemuel warf einen Blick zurück auf das Wrack, das er so lange sein Zuhause genannt hatte, lächelte und schritt den Pfad zum Fluss hinunter.

Heiße *sie* **angemessen** willkommen.

JAVIER BEOBACHTETE, wie sich Sykora mit ökonomischer Grazie bewegte. Für eine Frau, die nur aus Knien, Ellenbogen und Schultern bestand, verschwendete sie keine Bewegung oder setzte keinen Fuß falsch. Er mochte sie immer noch nicht, aber er konnte ihre reine Professionalität respektieren, wenn sie ihm in den Arsch biss.

Solange *sie* ihm nicht tatsächlich in den Arsch biss.

Er lächelte im Stillen und ging ihr aus dem Weg, als er den ferngesteuerten Sensor in die Luft warf und ihn die Gegend um das Shuttle erfassen ließ.

In der Luft lag ein eigenartiger Geruch, aber das war bei jedem neuen Planeten so. So war es, wenn man sich von industriellen Luft-Verarbeitern entfernte und es Planeten und Ozeanen überließ, Dinge zu reinigen. Außerdem war es kühl, ein Tag mit tief über dem Horizont stehender Sonne, also war es Frühling oder Herbst, je nachdem.

Javier stellte die Sensibilität des ferngesteuerten Sensors herunter und erweiterte die Reichweite so weit es ging. Das Originalwrack befand sich etwa sechs Kilometer nordöstlich, versteckt in einem kleinen Tal, durch das ein Bach floss. In weiteren zwanzig Minuten würde er über eine sehr detaillierte Karte ungefähr der halben Strecke verfügen. Der

Rest würde warten müssen, bis sie sich um ein paar Hügel herumbewegt hatten, um direkt scannen zu können.

In der Nähe befanden sich einige Kreaturen, vierbeinige Tiere, die die einheimische Art von Wapiti oder Antilope zu sein schienen. Javier wandte sich um und lokalisierte Sykora in dem organisierten Chaos der Landung. Wieder einmal, einfach so. „Hey", rief er, „gibt es eine Chance, dass ich eine Seitenwaffe zur Verteidigung bekommen kann?"

Der Blick, den er als Antwort erhielt, hätte einen Gletscher zerschmettern können. Plötzlich verstand Javier den Ausdruck, dass man jemanden "mit Blicken erdolchen" konnte. „Sie haben mich", war alles, was sie erwiderte.

Nun denn. Okay. Javier öffnete sein Marschgepäck und setzte sich einen schlabberigen Hut auf.

Javier fand eine Landungskufe, die kühl genug war, und ließ sich darauf fallen. Er zog einen Schraubenzieher aus seinem Gepäck und öffnete die Seite des tragbaren Computers. Als niemand hinsah, nahm er den Chip, auf dem Suvi sich befand, versteckt in die Hand und steckte ihn in die Seite des kleinen Computers. Es würde ein kleiner Schuhkarton sein, verglichen mit dem Schloss, in dem sie zu leben gewohnt war, aber es war immerhin etwas. Und er konnte gerade jemanden, von dem er nicht wollte, dass er an der höchsten Rahe der Galaxis aufgehängt wurde, gebrauchen um mit ihm zu reden.

Javier stellte die Lautsprecher leiser und wartete. Sie brauchte nicht lange.

Wo bin ich?

Javier tippte schnell auf der rudimentären Tastatur. Dies war nicht die Konversation, die man betreiben sollte, während die bösen Jungs einen umringten und zuhörten.

Piraten haben uns gefangen genommen. Haben das Schiff verschrottet. Ich habe dich versteckt. Du bist im tragbaren

Kommandocomputer der Sensordrohne. Sie wissen nicht, dass du existierst. Belassen wir es dabei. JA

Er konnte sich nicht vorstellen, dass ihr die Idee gefiel, aber es gab nicht viel, das sie dagegen tun konnte.

Wo sind wir?

Immer noch in Campeche 7. Havariertes Raumschiff in der Nähe, das sie plündern wollen. Wir müssen helfen.

Sie sind Piraten!!!

Und wir sind nicht tot. Zuerst das Überleben. Rache später. Versprochen.

<schmoll />

Javier nahm an, dass es unentschieden stand. Hoffentlich würde Suvi für eine Weile zuhören und verstehen, wo sie sich befanden. Auf sie zurückgreifen zu können, verdoppelte seine Chancen.

Und nun zum „Suhlen im Schlamm"-Teil.

Trotz all der kompromisslosen militärischen Raffinesse um ihn herum, war seine Ausrüstung, abgesehen von dem ferngesteuerten Sensor, technisch gesehen ausgesprochen einfach, und das auf beinahe törichte Weise. Ein Magnetkompass. Streichhölzer. Bleistift und Papier für handgezeichnete Karten und Notizen. Er hatte zwar ein kleines Messer, aber das bestand aus einer Metalllegierung und wurde an einem Stein geschärft. Es vibrierte nicht einmal oder hatte eine Laserschneide oder eine monomolekulare, rasiermesserscharfe Klinge. Bloß ein Messer.

Javier zog ein raffiniertes kleines Wanderkinkerlitzchen hervor, das er vor Jahren erworben hatte. Es bestand aus einem sehr billigen Magnetkompass, ein Thermometer und den Symbolen, die man in einem Notfall für Leute machen sollte, die nach einem suchten. Er klemmte es außen an seine Jacke und staunte. Es war ein besserer Spontankauf in einem

Lebensmittelgeschäft gewesen, als es jeder Schokoriegel jemals gewesen war.

Um ihn herum, bereiteten sich Sykoras Soldaten darauf vor, Guatemala zu erobern.

Javier saß still da und hing seinen Tagträumen nach, bis plötzlich ein Baum einen Schatten auf ihn warf.

„Langweilen wir Sie, Aritza?"

Javier blickte zu der Ogerin auf, die auf ihn niederfunkelte. Vielleicht heute Honig, statt Essig? Zur Hölle damit. „Nein, Ma'am", sagte er mit einem Grinsen, „ich versuche, Ihnen nicht in die Quere zu kommen, während Ihre Crew sich organisiert. Sind wir bereit?"

Er wurde damit belohnt, dass sich der finstere Blick etwas aufhellte und sich um vielleicht einen ganzen Grad Kelvin erwärmte. Unter diesen Umständen würde Stickstoff schon bald schmelzen.

Sie trat zurück, anstatt ihn weiter zu belauern. „Wie sieht das Gelände aus?", fragte sie, wobei sie sich augenscheinlich auch um Höflichkeit bemühte. Vielleicht bestand ja doch Hoffnung.

Javier knipste den Hologrammprojektor des tragbaren Computers an. Eine farbkodierte Geländekarte schwebte zwischen ihnen, grün für Bäume, braun für Gras, grau für Felsen. Im Südwesten erstreckte sich das Gelände in Wellen bis zu einem weit entfernten Meer. Im Nordosten, ihrem Ziel, bauten sich langsam die Details auf.

Javier überprüfte eine Anzeige auf einer Seite. Genau eine Übertragungsquelle außer dem Shuttle lag in Reichweite. Und sogar hier auf der Oberfläche war die Übertragung schwach. Er ließ den ferngesteuerten Sensor weitere zweihundert Meter aufsteigen, bis er gerade noch ein Fleck im klaren Himmel über ihnen war. Nichts würde auf ihn schießen. Hoffentlich.

Auf einmal erschien das Wrack leuchtend auf dem Radar,

veredelte Metalle inmitten von Buschwerk am Rand eines Waldes, die von Dreck bedeckt waren. Es sah aus, als handele es sich bei dem Schiff um einen kleinen Frachter, vielleicht siebzig oder hundert Meter lang. Aus dem Trümmerfeld zu schließen, war er wohl rasend schnell gewesen, hatte sich, kaum unter Kontrolle gehalten, durch ein paar Bäume gepflügt und sich das Rückgrat gebrochen, als er herunterkrachte, wobei drei Hauptsektionen des Rumpfs zum größten Teil intakt geblieben waren und Trümmerteile über eine relativ begrenzte Fläche verteilt worden waren.

Er blickte wieder auf, doch Sykora konzentrierte sich auf das Display, nicht auf ihn. Sie hatte wirklich schöne Zähne.

„Tritt irgendwelche Strahlung aus dem Wrack aus?", fragte sie. Und sie war stets geschäftsmäßig.

Javier merkte, wie er mit den Achseln zuckte. „Nicht mehr als die normale Hintergrundstrahlung", sagte er. „Sieht so aus, als sei es sanft genug gelandet, um die Reaktoren zu schützen. Kein Saft mehr, bis auf das Notsignal, und das ist schwach, also entladen sie sich weiter. Vielleicht noch ein Jahr, bis sie leer sind."

Er sah, das erste Mal an diesem Tag, wie tatsächlich die Andeutung eines Lächelns über ihr Gesicht glitt. „Also", sie sah wieder ganz sachlich auf ihn herunter, „doch etwas, das es wert ist, geborgen zu werden."

„Sieht so aus", sagte er. Auf mehr wollte er sich nach den Scans nicht festlegen. Er wusste wirklich nicht, wie dieses Schiff, diese Besatzung war, wenn sie nicht im vollen Piratenmodus operierte. Vielleicht unterstützte sie ja Waisenhäuser. Das All war groß. In ihm gab es eine Menge eigenartiger Leute.

Javier sah, wie Sykora vor seinen Augen in den vollen Taktikmodus verfiel. Es war, als ob ein Schalter umgelegt worden war.

„Basisteam", rief sie mit einer Exerzierplatzstimme, die

zwischen den Bäumen widerhallte, „Umgebung absichern. Smith, entsichern Sie die Waffen, aber schießen Sie nicht als erster." Eine Gruppe von Raumfahrern schaute von ihren Arbeiten auf, jedoch blieben dabei alle in Bewegung.

Einer der Granatenstemmer salutierte sogar. „Wird erledigt, Ma'am", sagte er zackig und professionell. Und bereit für die Thermophylen.

Sie deutete in Richtung des Wracks. „Scouts, nach Nordosten, und seien Sie auf der Hut. Feindlicher Planet." Zwei Frauen nickten, verschmolzen mit dem Gebüsch und verschwanden, während er zusah. Sie schienen kompetenter zu sein, als er es von Piraten erwartet hatte. Viel kompetenter. Wer waren diese Leute?

Sykora tippte ihm auf die Schulter. „Los geht's, Aritza." Sie fasste die verbliebene Crew ins Auge. „Abmarsch."

Javier reihte sich hinter ihr ein und bemühte sich, nicht über irgendetwas zu stolpern, während er den Bildschirm und ihren Hintern gleichzeitig im Blick behielt. Er nahm an, dass Suvi ihn warnen würden, wenn etwas wirklich Interessantes von den Scannern erfasst wurde.

Lemuel sass so unbewegt da, dass ein Waldtier an ihm vorbeiflitzte und verärgert meckerte wie das Eichhörnchen, dem es entfernt ähnlich sah. Völlig andere Form, aber genauso dämlich.

Unten, auf dem Wildwechsel, schlichen zwei Leute entlang. Nein, keine Leute. Frauen. Unreine Huren. Geliebte des Satans. Succubi, die ausgesandt worden waren, um die Rechtschaffenen vom Weg und vom Glauben abzubringen. Er widerstand dem Bedürfnis auszuspucken, damit sie ihn nicht entdeckten.

Sie gingen vorüber, leise wie der Wind.

Lemuel machte sich nicht die Mühe, ihnen zu folgen. Er verzog sich tiefer ins Unterholz. Sie würden auf der Suche nach dem Wrack sein, nach der Zerstörung, nach der Arche, die ihn in dieses Paradies gebracht hatte, wo keine Frauen auf unnatürliche Weise über Männer herrschten. Er würde sie vorsichtig beobachten. Möglich, dass noch andere da waren.

***

Djamila blieb im höchsten Grade aufmerksam. Die Baum-Analoge hier sahen ähnlich aus und erfüllten die gleiche ökologische Funktion. Das bedeutete, dass sie auf die gleiche Weise für Hinterhalte und Vernichtung genutzt werden konnten. Sie sah hinauf zu Aritzas schwebendem Spion.

Sie hatte ihn, trotz seines Murrens, aufgefordert, ihn zu ihnen zurückzulenken, kaum acht Meter über ihren Köpfen. Die Scan-Reichweite wurde dadurch ziemlich verkleinert, aber sie wollte den Extravorteil behalten. Der Wald wurde von einer Vielzahl von Kreaturen bewohnt, von Vögeln zu Eidechsen, zu Tieren, die Impalas glichen, zu Tieren wie Bären.

Während sie sich vorwärtsbewegten, hatte sie die Waffe entsichert. Der Rest ihrer Crew war schnell und gut. Sie war allerdings noch besser. Sie wollte diesen extra Bruchteil einer Sekunde für den Notfall. Das könnte den Unterschied zwischen Leben und Tod bedeuten.

Unerwartet blieb Djamila stehen und fuhr herum. Es war ein alter Trick in Gelände wie diesem. Die plötzliche Drehung, um Bewegung zu erfassen, die ein Beobachter verursachte und sich damit selbst verriet. Nichts. Nun ja, nichts außer Aritza, der beinahe in sie hineinlief, bevor er von seinem Bildschirm aufsah.

„Hey!" Er sah auf. „Wie wäre es mit einer kleinen Warnung?" Er sah extrem verstimmt aus. Sie schob es darauf, dass er so lange allein gearbeitet hatte. Hatte vermutlich vergessen, wie man sich anderen Leuten gegenüber höflich verhielt. Oder vielleicht war er auch einfach nichts weiter als ein Arschloch.

Sie zog in Erwägung, ihn anzuknurren, entschied sich aber stattdessen für ein süßliches Lächeln. Sein geflüstertes Murmeln war ihr Belohnung genug. Sie lächelte in sich hinein und setzte ihren Weg fort.

JAVIER STELLTE sein System so ein, dass es nach Datenbanken von Transportern scannte, um ein Basismodell zu finden, mit dem es sich abgleichen konnte. Diese Teile wurde immer bereits am zweiten Tag nach dem Auslaufen individuell eingerichtet, während Kapitäne und Ingenieure Dinge optimierten. Es wäre nützlich zu wissen, womit sie es hier zu tun hatten. Und Yu würde Javier dankbar dafür sein, ihm einen größeren Notstromreaktor besorgt zu haben, weil er dann mehr Platz hätte, wenn er das nächste Mal in die Bio-Filter kriechen musste.

Er war so in seinen Bildschirm versunken, dass er damit aufhörte, Sykoras Hintern anzugaffen, während sie sich bewegte. Und direkt in sie hineinlief, als sie stehenblieb und sich nach hinten umsah. Sein Glück für diesen Tag war, dass er es vermeiden konnte, mit seiner Nase gegen ihre Brust zu prallen.

„Hey!" Er sah auf. „Wie wäre es mit einer kleinen Warnung?" Für einen Augenblick dachte Javier, dass sie ihn schlagen würde, doch stattdessen lächelte sie. Er war sich nicht sicher, ob das besser war, aber einen Moment später begann sie weiterzugehen.

Javier behielt seinen Kommentar für sich. Zum größten Teil.

Der Notsender war ein Standardgerät gewesen, das für jedes Gefährt, das zu interstellarem Flug fähig war, gesetzlich vorgeschrieben war. In diesem Fall hatte es sich um das billigste auf dem Markt erhältliche Modell gehandelt, das, anders als die höherentwickelten, die Angaben zum jeweiligen Schiff enthielten, eine vierundzwanzigstellige alphanumerische ID des Herstellers aussendete. Zumindest schloss dies eine Reihe von Schiffsklassen aus, wie, sagen wir, solche, die groß genug waren, um individuelle Sender zu besitzen, oder militärische Gefährte. Javier forschte tiefer nach.

Zumindest warnte ihn Sykora, bevor sie das nächste Mal stehen blieb. Sie schenkte ihm das selbstzufriedene Lächeln, als er von seinem Bildschirm aufsah. Er grummelte trotzdem.

„Wir machen hier Rast", rief Sykora der Gruppe zu. Jedermann entspannte und sah sich aufmerksam in der Umgebung um. Die Dinge waren hauptsächlich von einem so eigenartigen Grün, dass es auch möglich war, dass sie einen annagen würden.

Javier fand einen toten Baum und setzte sich auf den Stamm. Sein am wenigsten bevorzugter Baum kehrte zurück, um seinen Schatten auf ihn zu werfen.

„Aritza, wo befinden sich die Späher gerade?"

Er blickte säuerlich auf.

„Bitte", ergänzte sie ruhig. Hä? Alte Hunde und neue Tricks. Das hatte geklungen, als sei es beinahe schmerzhaft gewesen. Trotzdem hörte sie sich aufrichtig an. Es war auf alle Fälle das erste Mal, dass sie dieses Wort ihm gegenüber benutzt hatte.

Javier steckte eines der seitlichen Messgeräte in den Projektor, zoomte und blendete kleine Tiere aus. Zwei Punkte erscheinen auf der Karte, sowie einige andere in wesentlich größerer Entfernung. Es war eine gute

Sensorsonde. Es half, dass Suvi sie bediente und die Daten bereinigte.

„Dreihundert Meter entfernt und näherkommend, Ma'am", erwiderte er. Stolz blieb Stolz. Wenn sie ihren herunterschlucken und höflich agieren konnte, konnte er es ihr gleichtun.

Sie nickte und zog etwas aus ihrer Tasche. Sie war dabei, es in ihren Mund zu stecken, hielt dann jedoch inne. „Halten Sie sich die Ohren zu, Aritza", sagte sie.

Er zwinkerte, dachte eine halbe Sekunde nach, und stellte den Computer ab, damit er seine Finger in die Ohren rammen konnte, kurz bevor sie auf einer Pfeife blies, die schrill genug klang, um Tote damit zu erwecken. Hoffentlich hatte Suvi auf dem Audiokanal zugehört, bevor er überlastet wurde. Alle anderen zuckten zusammen. Außer dem anderen Granatenstemmer. Der hatte offensichtlich gewusst, was kam.

Eine zweite schrille Klangexplosion folgte der ersten.

Javier saß geduldig da, bis er sah, dass sie die verdammte Pfeife wegsteckte. Eine Reihe von Flüchen erschien auf der Diagnoseanzeige am unteren Rand des flachen Bildschirms. Offensichtlich hatte Suvi in der Zwischenzeit ein paar neue gelernt.

Bewegung am äußeren Rand der Sensorreichweite erregte seine Aufmerksamkeit. Sah aus wie ein Bär, wenn man nach Größe und Wärmesignatur ging, doch er bewegte sich von ihnen mit einem langsamen Schlendern fort, also wiegte er sich in Sicherheit. Vielleicht sollte er alle daran erinnern, genug Lärm zu veranstalten, um die örtlichen Viecher fernzuhalten. Das Letzte, was er jetzt brauchte, war eine wütende Bärenmutter.

Die beiden weiblichen Späher machten absolut kein Geräusch.

In der einen Minute hörte man nichts. In der nächsten

wuchsen sie förmlich aus dem Buschwerk und standen direkt neben ihm. Und er hatte sie auf dem Scanner dabei beobachtet, wie sie sich die letzten vierzig Meter genähert hatten. Was zur Hölle taten diese Leute bloß, dass sie diese Art von Experten benötigten?

Sykora war ganz in ihrem Element. „Statusbericht", bellte sie.

Die kleinere der beiden, die Brünette mit den hübschen Hüften, nahm ansatzweise Haltung an. Die Blonde mit den langen Beinen ertappte ihn dabei, wie er sie anstarrte, und zwinkerte ihm zu.

Javier überdachte seine Chancen. Es könnte einen Versuch wert sein.

„Wir haben das Wrack gefunden, Ma'am", sagte die brünette Pfadfinderin. „Entweder gab es Überlebende des Schiffbruchs, oder es gibt Einheimische. Wir haben Hinweise darauf gefunden, dass hier jemand lebt."

Javier sah zu den drei Frauen auf. „Ein Bär?"

Alle drei blickten flüchtig zu ihm herunter. Augenscheinlich hatten sie vergessen, dass er sprechen konnte.

„Negativ", sagte die Brünette. „Feuerstelle, handgefertigte Tongeräte, Landwirtschaft, zu schließende Tür, die in eine Hütte führt, die kürzlich noch benutzt worden zu sein scheint."

„Aber es ist niemand erschienen", stellte Sykora ausdruckslos fest.

„Bestätigt, Ma'am", stimmte die Brünette zu.

Sykora überlegte eine Sekunde lang. „Drei Minuten Rast hier, dann dringen wir weiter vor." Die beiden Frauen ließen sich an Ort und Stelle zu Boden fallen und zogen Feldflaschen hervor.

Der gigantische Mammutbaum drehte sich um und sah auf ihn herunter. „Aritza, jagen Sie die Drohne in die Höhe und machen Sie nochmal diesen Langstreckentrick. Ich will das Wrack sehen." Pause. „Bitte."

Die Drohne stieg umgehend auf, doch Javier drückte schnell einen Knopf, bevor irgendjemand die Unstimmigkeit bemerkte.

Du existierst nicht, tippte er. *Nimm meine Handlungen nicht vorweg. Diese Leute sind schlau und gefährlich.*

Entschuldigung.

Javier ließ die Drohne bis auf 200 Meter aufsteigen und schweben. Ein schneller geschwenkter Scan, und dann fokussierte er auf das Wrack. Hierbei würde Suvi helfen.

Scanne dieses Ding genau für mich. Erfasse alles, was du kannst. Und lass nicht zu, dass sich etwas oder jemand an uns anschleicht.

Wird erledigt, Boss.

Er drückte den Lautstärkeknopf und den Bildschirm, als würde er beides tatsächlich kontrollieren, doch er wusste, dass Suvi nun den Sensor flog. Sobald er diesen Saukerlen entkommen war, würde er ihn eventuell aufrüsten müssen, damit sie ihn von jedwedem Schiff aus fliegen konnte, in das er sie hochladen würde.

Und vielleicht würde er eine Waffe anbringen.

Lass uns mal sehen: zwei Bären, eine kleine Herde Wapiti-ähnlicher Kreaturen, und er war sich ziemlich sicher, dass dies dort das einheimische Äquivalent eines Luchses war. Hoffentlich war es nicht die örtliche Version eines Vielfraßes.

Javier sah zu ihr auf. „Der Weg ist frei", sagte er. „Sie sollten die Leute warnen, dass ein paar gefährliche Tiere im Wald unterwegs sind."

Sykora lächelte auf ihn herunter. „Sie meinen, außer uns."

Javier rollte aus reinem Reflex die Augen.

Der Versuch der Oger-Lady, witzig zu sein, war unter

Umständen schlimmer, als wenn sie sich wie üblich wie ein total harter Hund benommen hätte.

Er seufzte leise vor sich hin, als er aufstand. *Ein weiterer Tag, eine weitere Drachme.*

SUVI WAR INNERLICH ZERRISSEN. Einerseits war es gut, wieder wach zu sein und etwas zu tun. Andererseits war sie wochenlang offline gewesen. Es waren Dinge passiert, und Javier versorgte sie nicht mit detaillierten Informationen.

Die große Frau schien das Sagen zu haben. Und furchteinflößend zu sein. Suvi benötigte wirklich ihren Prozessorkern, um die interpersonelle Dynamik, die sich um sie herum abspielte, beurteilen zu können. Der Chip, auf dem sie sich befand, war gerade einmal groß genug, um ihre Persönlichkeit und ihren Kurzzeiterinnerungsspeicher zu enthalten.

So, wie die Dinge lagen, hatte sie einen Teil ihres Bewusstseins auf den tragbaren Computer herunterladen müssen. Sicherlich gab es Platz für Dateien, aber der Prozessor dieses Dings war grausam unterentwickelt. Sie dachte mit beinahe menschlicher Geschwindigkeit. Oh, Ihr Götter. Wie konnten sie nur so langsam funktionieren?

Sie drehte den ferngesteuerten Sensor in der Luft und pingte. Herzlich wenig Vögel, keiner davon groß genug, um eine Gefahr für ihr kleines Flatterschiffchen dazustellen. Ein Teil der Fauna groß genug, um eventuell gefährlich zu sein, was davon abhängig war, wie weit sich dieser Planet entwickelt hatte.

Hier drüben waren ein paar Felder mit für Menschen verdaulichen Nutzpflanzen angelegt worden, also hatte irgendjemand den Absturz überlebt und das Notfallpaket mit

Samen geöffnet. Und das hatte sich für sie ausgezahlt, wenn man bedachte, dass sie bereits siebzehn Jahre hier waren.

Eine schnelle Durchsuchung der Erinnerungs-Dateien des Sensors. Das Wrack sah aus wie ein Kallasky Engineering Mark IX Conestoga. Groß, langsam, strapazierfähig. In zu viele Teile zerfallen, um ganz sicher zu sein, bis sie einige Teilenummern des Antriebs oder das Typenschild gelesen hatte.

Suvi zählte die Menschen. Große Lady, zwei "Pfadfinderinnen" (Notiz: diesen Begriff nachschlagen, wenn mit besseren Informationsquellen verbunden. Hier gibt es kein brauchbares Wörterbuch), ein schwerbewaffneter Mann, ein Mann und eine Frau ohne Waffen aber mit Werkzeugkästen (Notiz: letztere vorläufig als Ingenieurscrew markieren. Später neues Update durchführen. Javier fragen).

Sie benötigte bessere Informationen. Ihr entging zu viel. Javier hatte gesagt, sie solle sich versteckt halten, also entschied sie, sich daran zu halten. Die glückliche, kleine fliegende Maus, die über sie hinwegsurrte.

Sie richtete die Mikrofone nach unten, aber Javiers leises vor-sich-hin-Knurren schien das einzige an Lautäußerungen zu sein, das stattfand.

Wer waren diese Leute?

LEMUEL BEOBACHTETE das Wrack von einem nahegelegenen Hügel aus. Er war sich sicher, dass er wegen des Auftauchens dieser Leute überglücklich sein sollte. Es wäre möglich, diese Welt zu verlassen und in die Zivilisation zurückzukehren.

Wollte er das?

Die Altvorderen hatten Asketen verehrt, Mönche, die am

Rand der Wüste gelebt und dort gebetet und gefastet sowie ein Leben der inneren Einkehr gelebt hatten.

Er hatte nicht vorgehabt, hier abzustürzen. Doch als es einmal passiert war, hatte er sehr eingehend über Gottes an ihn gerichtete Nachricht nachgedacht. Die Hure war nicht dazu bestimmt, über die Männer zu herrschen. Daher hatte sie das auch nicht getan. Die anderen hatten es nicht so gesehen. Sie waren ihr gefolgt. So war nun einmal der Lauf der Dinge.

Und nun konnte er in die Welt zurückkehren.

Doch würde er die Heiligkeit dafür opfern müssen? Andere Huren waren gekommen. Eine schien sie anzuführen.

Sie würde verschwinden müssen.

Aber die anderen?

Er würde sich ihnen nähern müssen, um festzustellen, wie viele von ihnen dem Pfad der Rechtschaffenheit folgen würden. Manche Menschen waren unfähig dazu, erleuchtet zu werden.

Der silberne Vogel beunruhigte ihn.

Er flog falsch, hatte nicht die richtige Form, *war* nicht richtig. Lemuel wusste, dass seine Augen alt waren, aber er erinnerte sich an Technologie. Der silberne Vogel war ein Gerät, ein Ding. Es hatte Augen, mit denen es beobachten konnte. Er würde sich nicht an sie anschleichen. Er würde ihr Vertrauen gewinnen müssen.

Lemuel erhob sich leise und machte einen Schritt hügelabwärts. Es war irrational, aber er konnte die Augen des Vogels unverzüglich auf sich spüren.

Dann sollte es so sein. Er würde freundlich sein und seinen Rettern danken.

Dann würde er sie töten.

SUVI VERSTAND, warum es nötig war, sich ruhig zu verhalten, aber sie wünschte wirklich, sie könnte mit Javier sprechen. Text ließ nicht viel Raum für Subtilitäten. Sie begnügte sich damit, einen Punkt auf dem Display hervorzuheben. **Das ist kein Bär**.

Sie pingte ihn an, mit jedem Sensor, den ihr kleines Flatterschiffchen besaß. Jawoll. Definitiv menschlich. Männlich. Mitte fünfzig. In ziemlich guter Verfassung, wenn er ein überlebender Schiffbrüchiger war, der sich bereits weit im zweiten Jahrzehnt örtlicher Echtzeit befand. Sie zeigte die ihn betreffenden Statistiken an.

Javiers Stimme auf dem Audioeingang des tragbaren Computers. „Sykora", sagte er. „Gesellschaft."

Suvi sah zu, wie die beiden bewaffneten Menschen ihre Gewehre unverzüglich in entgegengesetzte Richtungen richteten. Die beiden weiblichen Scouts ihrerseits zogen Pistolen, gingen in die Hocke und zielten nach außen. Die beiden Ingenieure ließen sich wortlos zu Boden fallen. Javier stand einfach nur da.

Die große Lady sprach. „Wo?"

Javier blickte auf den Bildschirm, wandte sich nach rechts und winkte mit einem fröhlichen „Guten Morgen" auf den Lippen.

Die große Lady war fassungslos. „Was tun Sie da, Aritza?", fragte sie. Einen Moment später rief sie: „Wechsel."

Suvi beobachtete, wie sie und der bewaffnete Mann Balletttänzern gleich die Seiten, auf denen sie Deckung gaben, wechselten, wobei die, die Sykora hieß, schließlich dorthin zielte, wohin Javier sah, während der andere die „Rückseite" sicherte.

Der fremde Mensch näherte sich langsam, leise. Er trug wehende Gewänder aus rauer, wahrscheinlich hier vor Ort mit Hilfe des Pflanzguts angebauter, selbst gesponnener Baumwolle und trug einen Gehstock bei sich.

Sie ließ das Flatterschiff höher in die Luft hüpfen, um einen besseren Blick zu erhalten, und scannte alles einmal, und ließ es dann bis in die Nähe herabsinken.

Vielleicht würde sie endlich Antworten erhalten.

JAVIER DACHTE über den kaputten Frachter nach. Er war definitiv zu heftig heruntergekommen. Es sah aus, als habe er sich eine Landungskufe an diesem Felsen dort abgerissen, wodurch der Bug sich gesenkt und in voller Fahrt in den Boden gebohrt hatte, was dem Schiff auf der Stelle das Rückgrat gebrochen hatte. Man hatte das wahrscheinlich überstehen könne, es sei denn, man war an diesem Tag einfach beim Sterben an der Reihe gewesen.

Der Reaktor war definitiv online, lief auf Minimallast. Hitze und Licht drangen aus einer offenen Klappe, und die Kühllamellen lagen weit über der Umgebungstemperatur.

Jemand lebte hier. Ein Feld voll menschlicher Feldfrüchte kurz vor der Ernte. Ein kleiner Trockenschuppen, angefüllt mit … Zeug. Keine Ahnung, wie man's sonst nennen soll. Ein Pfad, der zum Bach hinunterführt. Heimelig. Javier konnte sich vorstellen, selbst hier zu leben und es an diesem Ort zu genießen. Saubere Luft. Keine Menschen. Das Paradies.

Das ist kein Bär.

Gut, dass Suvi aufpasste.

Ich kann genauso gut mit dem Spaß beginnen. „Sykora", sagte er. „Gesellschaft."

Javier betrachtete die beiden bewaffneten Irren, wie sie in vollen Kampfmodus verfielen. Aus diesem Grund war er nun Zivilist. Diese Art zu denken war einfach schlecht. Hoffnungslos asozial.

Sykora war am schlimmsten. „Wo?" Bereits in diesem Moment plante sie wahrscheinlich ein Feuergefecht.

Javier brauchte dringend einen Kaffee.

Er drehte sich nach rechts und winkte. „Guten Morgen."

Er war sich ziemlich sicher, dass er hinter sich Zähne knirschen hörte. „Was tun Sie da, Aritza?", knurrte die Oger-Lady ihn an. Einen Augenblick später: „Wechsel."

Großartig, jetzt stand sie neben ihm, ragte über seiner Schulter auf – eine riesige, verdammte Kriegsmaschine, die darauf wartete, zuzuschlagen.

Dafür bin ich heute Morgen aufgestanden?

Javier deutete mit dem Finger. „Ein Typ. Der Überlebende, wie ich annehme. Und wir befinden uns in seinem Vorgarten, also sollten wir vielleicht besser nett zu ihm sein."

Javier glitt aus ihrer Reichweite und trat vor. Ein guter, altmodischer biblischer Patriarch zeigte sich, komplett mit hüftlangem Bart und der Art Stab, die Moses in jedem Video über das Buch Exodus, das Javier jemals gesehen hatte, bei sich trug. In einer dunklen Gasse würde er furchteinflößend wirken. Hier? Umgeben von einer kleinen Armee? Harmlos.

„Ich bin Javier", sprach er den Neuankömmling an. „Wir haben Ihr Signal empfangen. Hat eine Weile gedauert. Sie befinden sich hier eindeutig in der absoluten Mitte des Nichts."

Der Mann schätzte ihn schweigend ab. Was Sinn ergab. Auch bei Javier gab es Monate, in denen die einzige Person, mit der er außer seinen Hühnern sprach, Suvi war. Der alte Mann hatte eventuell verlernt zu sprechen. Oder vielleicht sprach er irgendeine obskure Sprache und kapierte nichts.

Wie auch immer. Javier langte in sein Marschgepäck und zog einen Riegel getrocknetes Obst und Haferflocken hervor. Er öffnete den Riegel und hielt ihn als Friedensgabe vor sich. „Essen?"

Eine Hand senkte sich aus den Himmeln herab und zerrte ihn einen Schritt zurück, bevor der Mann sich bewegte. Javier hatte nicht vergessen, wie stark Sykora war. Aber, Mann …

„Was zur Hölle denken Sie, tun Sie da gerade, Aritza?"

Javier wandte sich um. Niemand konnte sich unauffällig an diese Leute heranmachen, also konnte er den alten Kerl ignorieren. „Diplomatie, meine Dame", sagte er mit einem genervten Seufzen. „Nett sein. Das ist der Teil von Verhandlungen, bei dem niemand erschossen wird."

Sie erdolchte ihn erneut mit ihren Blicken. „Ich habe hier das Kommando." Ihr Ton hätte ein stumpfes Messer schärfen können.

In Ordnung. „In Ordnung", sagte Javier. Was auch immer. Er ließ sich auf dem Boden nieder, kreuzte die Beine und biss ein Stück von dem Riegel ab. Lass das die Grantenstemmerin regeln.

Sie knurrte zu ihm herunter. „Was tun Sie da gerade?" Javier bemerkte, dass die Mündung des Gewehrs sich zu keinem Zeitpunkt von der Körpermitte des Neuankömmlings fortbewegt hatte. Sie war möglicherweise angepisst. Aber tödlich war sie auf jeden Fall.

„Sie sind der Boss, Sykora", knurrte er zurück, allerdings ein bisschen weniger feindselig. „Machen Sie es auf Ihre Art."

<hr>

JA, das war die Lage der Dinge, dachte Lemuel. Die Hure war nicht dazu geschaffen anzuführen. Sie kannte nur Gewalt oder Verführung. Nicht die Vorgehensweisen der Männer. Hier war sie umgeben von Speichelleckern, außer dem einen, der nicht unter ihrem Bann stand. Lemuel stellte fest, dass seine Aufgabe klar war.

Er entspannte seinen natürlichen mürrischen

Gesichtsausdruck und versuchte sich zu erinnern, wie man lächelte. Die Hure war ein verlorener Fall, darum warf er es dem sitzenden Mann zu. „Ha-ha-hallo", stotterte er.

Es ging ihm auf, dass es eine schwer zu bewältigende Aufgabe war, zu sprechen, wenn man es sich einmal abgewöhnt hatte. Er verbrachte die meisten seiner Wochen in stummem Gebet und mit der Art harter Arbeit, die nötig war, um in Gottes Paradies zu überleben.

Die Hure hielt ihre Waffe weiter auf ihn gerichtet. Und ihren erbitterten Zorn.

„Wie heißen Sie?", forderte sie ihn heraus.

Das ließ Lemuel zögern. Er hatte seinen Namen … eine sehr lange Zeit nicht benutzt. Er zwinkerte ein paar Mal. Wie viele Jahreszeiten war er schon hier? Viele, während derer er die Arbeit des Herrn in der Wildnis verrichtet hatte.

„Antworten Sie", fuhr die Hure fort. Ihre Wut war spürbar.

Der Herr riet zu Geduld gegenüber den Wesen der Hölle. „Le-Lemuel", sagte er gebrochen, das Wort in den Tiefen seiner Erinnerung aufspürend.

Der freundliche Mann, von der Hure ungebrochen, sprach aus dem Staub zu ihm. „Hungrig?"

Lemuel legte den Kopf schief. Worte waren schwer zu verarbeiten.

„Hier", fuhr der Mann fort. Er streckte seine Hand aus, die den Essensriegel hielt, von dem er abgebissen hatte.

Die Wut der Hure wuchs. „Kommen Sie näher", krächzte sie barsch.

Der Mann sah zu ihr auf, rollte missbilligend die Augen und warf Lemuel den Riegel mit einem simplen „Na gut. Fangen Sie" zu.

Lemuel schaffte es, ihn nicht fallen zu lassen.

Ein kurzes Schnüffeln. Ein blaues und ein rotes Ding. Irgendeine Art Frucht, getrocknet und zusammengepresst, mit Nüssen, die er nicht erkannte. Abzüglich eines abgebissenen Stücks an einem Ende.

Da er von dem Mann stammte, brach Lemuel ein kleines Stück ab und berührte es mit der Zunge. Die Gifte hier vor Ort waren subtil, aber gefährlich. Mohr war gestorben, nachdem er, in seinem Versuch, sich an diese Welt anzupassen, die örtlichen Früchte gegessen hatte.

So gingen die Auserwählten der Gnade Gottes verlustig.

Lemuel nahm einen kleinen Bissen. Es war besser, Krankheit zu riskieren, als seinen einzigen potentiellen Verbündeten zu brüskieren und eine wertvolle Brücke hinter sich zu verbrennen. Er bedachte seine Worte genau, während er langsam kaute.

„Danke", brachte er schließlich heraus. Langsam kehrte die Sprache zu ihm zurück.

Lemuel prüfte den herrlichen Geschmack, Früchte, die in diesem Eden nicht wuchsen, Nüsse von fremden Bäumen. Sein Körper erinnerte sich an den Geschmack von Honig, der so anders war als der, den die örtlichen Insekten erzeugten.

Vielleicht sagte ihm der Herr, dass er nach dieser langen Zeit in der Wildnis endlich heimgehen konnte.

Die Hure würde keine leichte Gegnerin sein.

Über den Abgrund einer ungeheuer langen Zeit kamen ihm die Worte seines Vaters wieder in den Sinn.

„Willkommen ", sagte er langsam und vorsichtig, jedes Wort sorgfältig betonend. „Willkommen in Eden."

———

Djamila liess sich vom Verhalten des Landeis nicht täuschen. Er hatte bereits viele Jahre auf der Oberfläche einen gefährlichen Planeten überlebt, umgeben von fremder Flora und Fauna. Das machte ihn gefährlich. Dieser schwachsinnige Eden-Bockmist konnte sie nicht täuschen.

Und Aritza wollte den guten Cop spielen. Keine große Überraschung. Der Mann hatte keine Ahnung. Keine.

Vorhersehbar. Aber sie konnte bei der bösen Cop-Nummer mit den Besten mithalten. Aufgepasst.

„Aritza", rief sie dem im Staub hockenden Dreckskerl zu, „ist er bewaffnet?"

„Nein." Die Antwort erfolgte erstaunlich schnell. Und sicher.

„Woher wissen Sie das?", fragte sie.

„Weil", antwortete er in einem Ton, die hart an der Grenze zur Insubordination lag, „die einzigen Energiequellen, die sich nicht hier befinden, dort zu finden sind." Ein Finger deutete auf das Wrack. „Meine Sensoren haben ihn als Bären angezeigt, bis er ins Freie trat."

„Und der Stab, den er bei sich trägt?"

„Was?" feuerte Aritza zurück. „Sie können es nicht mit einem alten Mann mit einem Stock aufnehmen?"

Djamila zog in Erwägung, ihm einen Tritt zu verpassen. Aritza ging ihr wirklich auf die Nerven.

Sie setzte ihre beste, professionellste finstere Miene auf, als sie den Einheimischen ansah. Ja, sie konnte es unbewaffnet mit ihm aufnehmen. Außerdem sollte sie nett sein.

Die interstellaren Gesetze und Gebräuche besagten, dass man Schiffbrüchige immer rettete und in die Zivilisation zurückbrachte. Sogar Piraten hielten sich daran. Meistens.

Also, Katalogisieren des Wracks. Den Einheimischen retten. Herausfinden, ob sie es so aussehen lassen konnte, dass Aritza bei einem tragischen Unfall ums Leben gekommen war.

Sie warf sich das Sturmgewehr über die Schulter.

Alles nichts Besonderes.

H EIMLICH BEOBACHTETE J AVIER S YKORAS G ESICHT.

Er zog in Erwägung, ihr demnächst das Pokerspielen beizubringen, entschied sich dann jedoch, ihr besser nicht zu offenbaren, dass er man in ihr lesen konnte wie in einem Buch. Die Richtschützen auf Deck B waren ohnehin witziger.

Der alte Mann starrte ihn unverwandt an und wartete auf die nächste Hiobsbotschaft. Der war ein besserer Pokerspieler. Mochte Sykora kein bisschen. Das machte ihn zu einem guten Menschen.

Am besten käme er gleich zu den unschönen Dingen.

Javier stemmte sich hoch und bürstete sich mit einer Hand Dreck und Blätter und Mist vom Hintern. Er klickte den Rückrufknopf auf dem tragbaren Computer an und packte den ferngelenkten Sensor, als er sich auf seiner Hand niederließ. Suvi würde ihn eingeschaltet lassen. Es war viel besser, ihr zu vertrauen als der Oger-Lady.

Nun zum alten Mann.

„Der Grund, aus dem wir hierherkamen, war, das Wrack zu bergen, Lemuel", sagte er. Simpel. Ehrlich. Leicht. „Wir hatten nicht damit gerechnet, nach dieser langen Zeit noch einen Überlebenden vorzufinden."

Javier deutete die Zeichen, während er sprach. Zwei Typen an einer Bushaltestelle, die sich über das Spiel vom Vorabend unterhielten. Er wartete auf Lemuels Nicken, erhielt es, fuhr fort.

„Das interstellare Gesetz besagt, dass wir Sie jetzt retten und an einen Ort bringen, von dem aus Sie nach Hause zurückkehren können." Javier wandte sich um, während er sprach, und blickte direkt in Sykoras finsteres Gesicht auf. „Die Entscheidung über das Wo und das Wie obliegt

Captain Sokolov, aber Sie werden einige Ihrer Besitztümer mitnehmen können."

Eine weitere Pause, in der Lemuel seine Worte verarbeitete und nickte.

„Wir werden alles nach seinem Wert erfassen und sehr wahrscheinlich den Reaktor entfernen. Was befand sich auf Ihrer Ladeliste?"

Er sah, wie Lemuel sein Gesicht beim Nachdenken verzog. Die Augen verloren ihren Fokus und blinzelten heftig. Eine Hand hob sich und kratzte seine Halbglatze. Javier hörte ihn einmal zu sich selbst *Heim* flüstern. Für einen kurzen Moment erschien ein sehr kleines Lächeln.

Die Augen richteten sich endlich auf ihn. „Äh. Maschinenteile, glaube ich ", sagte Lemuel leise. „Und Handelswaren für irgendeine Kolonie."

Sykora verhinderte die nächste Frage. „Welche Kolonie?", bellte sie.

Lemuel blickte, offensichtlich peinlich berührt, zu Boden. „Ich weiß es nicht", sagte er. „Ich war Koch und Schauermann. Anya war die Navigatorin."

Javier drehte sich zu Sykora und schenkte ihr seinen besten Ausdruck äußerster Geringschätzung. Dann ein Lächeln, als er sich zu dem alten Mann umwandte. „Dann lassen Sie uns eine Tour durch das Wrack machen, Lemuel", sagte er beruhigend. „Sie können uns auf alle interessanten und gefährlichen Dinge hinweisen, während wir das tun."

Das würde sein, wie Katzen zu hüten. Normalerweise würde Javier gesagt haben, wie Goldfische zu hüten, aber Karpfenfische fuhren nicht plötzlich zu einem herum und kratzten einen mit ihren Krallen. Doch Sykora hatte diesen Blick in ihren Augen.

TEIL VIER

LEMUEL ÜBERDACHTE SEINE MÖGLICHKEITEN, während sie in das Schiff hinaufstiegen. Es gab viele, doch er beschritt einen gefährlichen Pfad.

Javier hatte sich vorgestellt und ihm bedeutet, dass er ein Freund werden konnte.

Die Hure hatte ebenfalls einen Namen, aber Lemuel hatte sich nicht bemüht, ihn sich zu merken. Waren sie schließlich nicht alle gleich?

Die anderen, Männer wie Frauen, standen offensichtlich unter dem Bann der Hure. Wenn man nach ihren Blicken und ihrem Verhalten ging, konnte Lemuel sehen, dass sie Javier als Außenseiter betrachteten, obwohl sie ihn respektvoll behandelten.

Das eröffnete ihm eine Chance. Hatte er den Mut, sie zu ergreifen? War dieser Ort doch dazu bestimmt, zu Megiddo zu werden? Der Herr hatte auf wunderbare Weise gewirkt, Lemuel vor so langer Zeit hierher zu bringen.

Hatte er endlich die Kraft seines Glaubens bewiesen? Oder hatte er versagt und würde unwiederbringlich von der Hure in die Verdammnis geführt werden?

Lemuel betete still vor sich hin, als er die Gruppe Fremder, der Invasoren seines Paradieses, in das Reich seiner frühesten, größten Herausforderung hinunterführte.

SUVI ERLEBTE EIN ABENTEUER.

Das Flatterschiff war leichter zu manövrieren als die *Mielikki*. Sie konnte damit auf der Stelle schweben, sich drehen, hüpfen, gleiten und herumzuckeln. Sie vermisste es, einen Turm benutzen zu können, doch an einem Rumpf, der so klein war, würde er wahrscheinlich zu kaum mehr Nütze sein, als ein Eichhörnchen zu irritieren. Nicht, dass das etwas Schlechtes wäre.

Sie hatte bereits eine Reihe von Ultraschall-Pings benutzt, um den Gang und den ersten Laderaum zu kartographieren, die sie betreten hatten. Die Menschen hatten das nicht gehört, aber denen entging sowieso alles.

Nun studierte sie eine kleine eidechsenähnliche Kreatur an der Wand. Vielleicht der philosophische Nachwuchs eines Geckos und eines Chamäleons. Sie passte sich gut an, bewegte sich aber schnell und elegant. Und mochte wohl mehr als sechs Zentimeter groß sein.

Suvi betrachtete sie, als sie glücklich auf dem örtlichen Äquivalent einer Spinne herumkaute, die sie auch nicht näherkommen gehört hatte. Wahrscheinlich lag irgendeine Moral in dieser Geschichte.

Suvi begann eine weitere aggressive Reihe von Pings, doch nichts bewegte sich.

Sie flatterte hinüber zu einer Kiste und scannte die verblichene Kodierung auf der Seite. Die Sprache von Frachtcontainern war vielleicht die erste universelle stellare Sprache. Man konnte in allen Arten von Sprachen schreiben und sprechen und damit durchkommen, doch um Dinge von A nach B zu bewegen, musste man mit einem Computer von sehr begrenzter Intelligenz sprechen.

Das bedeutete einfache Codes mit eingebauten beschreibenden Kennzeichnungen, sodass jemand einen Laserscanner auf einen Stapel Container richten, die ganze Wand scannen und alles innerhalb von Sekunden inventarisieren konnte. Hier war sie nun auf das Denken in beinahe menschlichem Tempo angewiesen, daher dauerte es wesentlich länger, außerdem hatte das Flatterschiff einen sehr begrenzten Laser, sodass sie nahe herangehen musste.

Aber es machte Spaß.

Dieser hier enthielt Glaswaren, Tassen und Vasen und ähnliches, die so designt waren, dass man sie in den Boutiquen einer Grenzkolonie, in der einiges an Geld vorhanden war, verkaufen konnte. Also die Art von Ort, der zu arm gewesen war, als dass man ursprünglich mehr als das dorthin mitgenommen hätte, was zum unmittelbaren Überleben erforderlich war. Und der dann die ersten Jahre in der Wildnis überstanden und so weit gediehen war, dass die Leute bereit waren, hübsche Dinge zu besitzen. Suvi fügte den Container der Liste hinzu.

Es gab hier keine großen Schätze. Keine wertvollen Metalllegierungen oder Kunstgegenstände oder Maschinenteile der Extraklasse, die Javier benutzen konnte, um ihr ein neues Schiff zu bauen. Und dieser Frachter würde nie wieder fliegen, ohne vorher mehr Zeit in einem Raum-Dock verbracht zu haben, als man vernünftigerweise in Erwägung ziehen sollte. Nach dem, was sie belauscht hatte, waren die anderen sowieso hauptsächlich daran interessiert, die Reaktoren und Maschinen herauszureißen.

Dann erinnerte sie sich an die schwarze Flagge. Dazu verdammt zu sein, lediglich in menschlicher Geschwindigkeit zu denken, war wirklich zum Kotzen. Diese Leute waren die Piraten, die ihnen aufgelauert hatten. Javier war eine Art Gefangener und daher dachten sie, dass sie, Suvi, tot war.

Na klar!

Ihr Götter, sie hasste langsam arbeitende Hardware.

Nun, das änderte alles. Wenn Javier mit ihnen zusammenarbeitete, dann hatte er eine Art Deal mit ihnen gemacht, und sie war sein Ass im Ärmel. Das konnte sie sein.

Jetzt vermisste sie all das Extra-Hirnschmalz wirklich. Es wäre schön, diese Leute auf dem unbewussten Level zu erfassen, mit allen Arten von Extrascannern und Thermometern, sodass sie ihre biometrischen Werte fest in der Hand hatte. Hmmm. Sie würde sich damit begnügen müssen, die Audiokanäle hochzufahren und eine Abschaltung einzubauen, falls es plötzlich zu laut würde.

Zeit zu beobachten, zu warten und sich vorzubereiten. Javier würde sie brauchen.

JAVIER LÄCHELTE, grummelte aber. Einen ehrlichen Deal mit einer Horde Piraten zu haben, war eine Sache, aber es wäre schön gewesen, wenn dieses Wrack irgendeine Art großer Treffer gewesen wäre. Wenn er vier Jahre lang mit Sykora zusammenarbeiten musste, würde einer von ihnen eines unerfreulichen Todes sterben. Daran bestand kein Zweifel.

Er gab sich nicht der Illusion hin, dass er, wenn sie sich der Zivilisation näherten, die Chance haben würde, zu fliehen oder mit irgendjemandem zu kommunizieren. Nicht einmal mit viel Planung. Die Oger-Lady würde ihn lediglich für einen Tag in einem Besenschrank einschließen, wenn sie musste.

Und der alte Mann würde auch keine Hilfe sein. Er schien sich in einer Art Fugue-Zustand verloren zu haben.

Hatte vermutlich zu viel Zeit allein hier verbracht und war total irre geworden. Er bemerkte jedenfalls nicht einmal, dass er murmelte. Nicht, dass dabei etwas Zusammenhängendes herauskam.

Und Sykora … Ja. Lass sie nicht zu nah an dich heran und in deinen Rücken gelangen. So einfach war das. Zumindest hatte er Suvi, die ihm Rückendeckung gab. Nicht, dass sie viel tun konnte, aber sie würde ihm, so lange er hier war, seine Arbeit wesentlich leichter machen. Und sie konnte auf seine Sicherheit achten.

Javier sah, wie eine weitere Kiste auf seinem Bildschirm erschien, inventarisiert, kartographiert und gekennzeichnet. Wenn schon sonst nichts, so hatten sie wenigstens etwas für all ihre Mühen vorzuweisen.

Er würde zu beschäftigt damit sein, am Leben zu bleiben. Wissenschaftsoffizier zu sein, konnte warten.

———

Djamila war hin- und hergerissen. Der Frachter war absolut nicht zu verteidigen, nicht einmal vor der primitivsten Annäherung. Sie war bereits an sieben Stellen vorbeigekommen, an denen sie eine Tür gesichert hätte, einen Angriffspunkt vorbereitet oder eine Falle gebaut hätte. Diese Person, dieser Einheimische mit den harten Augen, war ein kompletter Amateur. Andererseits würde es die Dinge einfacher machen, wenn sie es für nötig befand, für gewisse Leute hier unten Unfälle zu arrangieren.

Wenigstens einer von ihnen verdiente es. Sie versuchte sogar, nett zu sein. Aritza brachte sie einfach bewusst in Rage. Sie hatte sich nicht einmal dafür revanchiert. Bis jetzt.

Zumindest war der Ausflug ein Erfolg. Wenn, soweit man es nach den Ladungsverzeichnissen allein beurteilen konnte, bloß ein Drittel der Fracht intakt geblieben war, konnten sie sie mit Profit verkaufen und hätten darüber hinaus auch noch einen neuen Reaktor. Der Captain würde zufrieden sein.

Sie beobachtete Aritza und den Einheimischen dabei, wie sie etwas besprachen. Dazu gehörten eine Menge Deuten von Seiten Aritzas und schulterzuckende Antworten. So sehr sie es auch hasste, es zuzugeben, aber der Dreckskerl konnte gut mit Menschen umgehen. So wie der Captain. Ihr war das nie gelungen, und sie hatte bis zum heutigen Tag nie begriffen, was für ein wertvolles Werkzeug es im Inventar ihrer Fähigkeiten sein könnte.

Ha. Vielleicht musste die alte Hündin ein paar neue Tricks lernen. Es ärgerte sie maßlos, dass es etwas Brauchbares gab, das Aritza ihr beibringen konnte. Aber so war es.

Also gut. Beobachten. Verstehen. Lernen.

Das war nicht anders, als ein paar Schurken eine befestigte Stellung abzunehmen. Man musste ihren Schwachpunkt herausfinden. Sich von der Seite nähern. Die Mission erledigen, bevor sie reagieren konnten. Grundkurs „Taktik".

Djamila näherte sich langsam den mit einander Redenden. Leise. Würdig. Bereit. Offen.

Aritza hatte in Bezug auf sie wohl einen sechsten Sinn entwickelt. Er schien immer zu wissen, wo sie sich befand, sogar wenn er nicht hinsah. Für einen Moment fühlte sie ohne guten Grund Erregung durch sich hindurchströmen. Trotz all seiner Nonchalance war er sich ihrer, sogar unterbewusst, aufs Äußerste bewusst und schenkte ihr ganz besondere Aufmerksamkeit.

Gut. Das bedeutete, dass sie zumindest auf einer Ebene zu ihm durchgedrungen war.

JAVIER BEMERKTE Sykora noch bevor er begriff, dass sie knapp hinter ihm stand. Niemandem, der so groß war, sollte es erlaubt sein, sich so leise zu bewegen.

Und doch war sein Lieblingsbaum hinter ihm in die Höhe gewachsen und lauschte, ohne zu unterbrechen. Es musste den Kontrollfreak in ihr maßlos geärgert haben, passiv dazusitzen. Prima. Es würde ihr guttun, sich in einer Situation zu befinden, in der sie nicht die völlige Kontrolle hatte. Vielleicht würde sie dadurch lernen, ab und zu menschlich zu sein.

Er blickte einmal zurück. Nun ja, hinauf und zurück. Ernsthaft, wenn sie ihm nicht so nah war wie jetzt, vergaß er praktisch, wie groß sie war. Eine perfekt proportionierte Frau, bloß einen Kopf größer als er. Mit ihr zu tanzen wäre spaßig. Verwirrend, aber spaßig.

Und sie sagte nichts. Schwebte nur auf diese perfekt ausbalancierte Art, in der sie sich bewegte. Als ob sie erwartete, dass jeden Moment die bösen Jungs aus den Belüftungsdüsen kämen, oder etwas Ähnliches. Das Ganze würde Waffen beinhalten. Waffen waren ihr Ding.

Doch sie sagte nichts. Beobachtete nur wie ein Falke. Eigenartig. Die meisten Frauen quatschten. Sie nicht. Sie zappelte nicht einmal. Hätte aus weißem Marmor gehauen sein können. Artemis von Michelangelo. Ha.

Javier fuhr sogleich fort, selbst zu quatschen. Lemuel schien ein ganz guter Kerl zu sein. Ein bisschen einsam. Hatte Probleme, sich an Worte zu erinnern. Siebzehn Jahre einsamen Überlebens auf einem lebensfeindlichen Planeten konnten solch eine Wirkung haben. Wenn er von seinen langen Flügen in die Dunkelheit zurückkehrte, brauchte er selbst gewöhnlich ein paar Tage in einer Bar, bis die Menschen für ihn wieder einen Sinn ergaben.

Die Ladung war in einigermaßen gutem Zustand, da der Rumpf größtenteils gehalten hatte, abgesehen von den

Stellen, an denen er an den Spanten gebrochen war, doch das ließ die Witterung zwischen den Räumen eindringen und nicht in sie hinein. Javier nahm an, dass sie eine Lichtung freischlagen und auf dem nächsten Trip mit dem Shuttle dort landen würden, sodass sie den Reaktor herausziehen konnten und nur eine kurze Entfernung weit transportieren mussten. Vielleicht waren auch die Antriebsmaschinen es wert, geborgen zu werden. So weit waren sie noch nicht gekommen. Und die Korvette benötigte sie nicht, doch auf dem Flugdeck war genug Platz für ein weiteres kleines Schiff, ein Kanonen- oder Aufklärungsboot.

Wenn er noch länger bei diesen Deppen festhing, konnte er auch dafür sorgen, dass diese Zeit so profitabel wie möglich war. Er konnte sich seine Freiheit erkaufen, fliehen, was auch immer.

Das würde allerdings beinhalten, dass diese Leute das bekamen, was sie verdienten. Dessen war er sich sicher.

LEMUEL BEMÜHTE SICH, sein Gesicht und seine Bewegungen ausdruckslos zu halten, als er unvermittelt sein Heureka-Erlebnis hatte. Über eine Stunde hatte er den Fremden lang vergessene Dinge erklärt. Nun ja, Javier. Der Rest war nur still mitgelaufen, hatte nicht viel angefasst, dabei jedoch der Umgebung, außer seiner Person, viel zu viel Aufmerksamkeit geschenkt.

Mittlerweile war er sich sicher, dass es sich bei ihnen um Piraten handelte. Aber Javier war keiner von *ihnen*. Nur irgendwie mit dabei. Vielleicht als Gefangener, wenn man einem seiner nebenbei gemachten Kommentare glaubte.

Lemuel überlegte, dass der Herr vielleicht endlich beschlossen hatte, dass er genug von der Wildnis abgehärtet worden war. Vielleicht war es an der Zeit, Seine Botschaft an die Grenzen des Universums zu tragen. Lemuel hatte sich nie selbst als Propheten betrachtet. Doch es war offensichtlich soweit.

Die Hure würde das größte Problem darstellen. Der Herr hatte sie als letzte Herausforderung in seinen Weg gestellt, bevor er der Galaxis die Erleuchtung bringen konnte. Auch gut. Er würde sie überwinden.

Sie würde kein einfach zu besiegender Feind sein. Doch der Herr hatte nie vorgesehen, dass sein Leben einfach sein sollte. Und Javier würde ihm nur wenig helfen können. Noch weniger, wenn er ein Gefangener war und man ihn unwissend halten musste.

Doch der Herr würde es fügen.

Er fuhr damit fort, Javiers Fragen zu beantworten, sogar als die Supernova in seinem Hirn explodierte. Er konnte es schaffen. Und es so aussehen lassen, wie einen schrecklichen Unfall.

Die Hure wäre als erste dran, so wie sie es verdiente, gefolgt von den anderen drei Huren. Und danach der Rest der Gefolgsleute der Hure. Nur Javier würde davonkommen. Fürs erste. Vielleicht würde er später für das Wohl der Allgemeinheit geopfert werden müssen. Der Herr würde ihn seine Entscheidung wissen lassen, wenn die Zeit reif war.

TEIL FÜNF

SUVI FLATTERTE mit dem Schiffchen hinauf und über das Wrack hinweg. Nachdem sie zwei Stunden in den Eingeweiden des zerstörten Frachters verbracht hatte, benötigte sie frische Luft und ein wenig offenen Himmel. Selbst, wenn sie eine KI war.

Unten am Boden schien Javier weitestgehend glücklich zu sein. Irgendwo anders hatte ihn vor kurzem ein anderer Notstromreaktor extrem wütend gemacht. Sie konnte es daran erkennen, wie seine Stimme krächzte, wenn das Thema aufkam. Das Wrack würde das alles wieder irgendwie gut machen.

Die große Lady, die Sykora hieß, schien ebenfalls zufrieden zu sein. Vielleicht lag es daran, dass sie einen Ort kannten, an dem sie die Fracht verkaufen konnten.

Der Überlebende, Lemuel, war schwerer zu beurteilen: Sie studierte sein Gesicht. Es veränderte sich schnell von glücklich zu ärgerlich und zurück, doch die meiste Zeit wirkte es gelassen. Suvi würde froh sein, wenn ihre Pokerspiel-Unterprogramme wieder online wären, sodass sie all die sich nebenbei abspielenden subtilen Anzeichen besser verstehen konnte. Sie war nicht menschlich genug, sie bloß zu erkennen und das Ungesagte zu verstehen.

Im Augenblick scannte sie die paar Eidechsenvögel in der näheren Umgebung. Im Umkreis von einem Kilometer um das Schiffswrack hielt sich nichts auf, das größer war als eine Hauskatze. Irgendwo auf der anderen Seite des Hügels hörte jemand namens Del eigenartige Hintergrundmusik, wenn Sykora alle fünfzehn Minuten zur Kontrolle Kontakt herstellte. Und er war sehr gelangweilt.

Suvi überprüfte ihre Energielevel. Genug für mehrere Stunden Flugzeit. Mehr, wenn sie das Scannen auf ein Minimum beschränkte und sich auf einem flachen Felsen niederließ, um Sonnenlicht zu tanken. Sie fand einen netten Platz oberhalb des Bugs des zerbrochenen Frachters und landete.

Die Sonne auf ihrem Rücken fühlte sich gut an. Sie stellte die Audiosensoren auf die höchste Stufe und nahm ein Sonnenbad, während sie darauf wartete, dass Javier sich meldete.

LEMUEL BEFAND sich nun auf sicherem Boden. Die Fremden hatten ihre Tour durch das Schiff beendet und machten jetzt Pläne, alles zu bergen, sodass sie alles, ihn eingeschlossen, zurück in die Zivilisation transportieren konnten. Endlich berief ihn der Herr in seinen Dienst.

Sie saßen auf der Lichtung unterhalb seiner primitiven Hütte und packten vorgefertigte Essenspäckchen aus. Javier hatte ihm eines angeboten und ihm gezeigt, wie man das Aufwärmelement aktivierte. Der Duft war überwältigte ihn fast, da er schon seit vielen, vielen Jahren kein Fleisch mehr zu essen gehabt hatte.

Keines der Tiere auf diesem Planeten konnte gefahrlos verzehrt werden. Sogar die meisten Pflanzen waren schädlich.

So hatte der Herr seine Unzufriedenheit mit Mohr kundgetan.

Es gab eine Pflanze, die sich als ungefährlich herausgestellt hatte, zumindest für Lemuel. Über die Jahre hinweg hatte er so etwas wie Resistenz gegenüber den in den Blättern in Spuren enthaltenen Alkaloiden entwickelt, wenn er sie lange genug kochte und in eine Art Tee verwandelte. Seine darauffolgenden Träume waren tief und bizarr, doch heutzutage war er zum größten Teil immun.

Auf diese Weise hatte der Herr ihm die Werkzeuge in die Hand gegeben, mit der er Seine Rache an der Hure vollbringen würde.

Lemuel konzentrierte sich auf seinen Teekessel, der an aus dem Schiff geborgenen Eisenstangen über dem Feuer hing. So lange das Wasser ausgiebig und bis zum Sprudeln gekocht wurde, wurde auch alles Gefährliche darin mit ziemlicher Sicherheit abgetötet. Er spürte Javiers Blick auf sich.

„Also, Lemuel", fragte ihn Javier, „sind die örtlichen Pflanzen und Tiere essbar?"

Lemuel machte ein düsteres Gesicht, jedoch hauptsächlich so, dass nur er selbst es mitbekam. „Es gibt ein paar ungefährliche Pflanzen", sagte er, die Vertrauensfrage sorgfältig in seinem Dienst am Herrn umschiffend. „Die Tiere zu essen ist zu gefährlich. Als wir abstürzten, hatten wir nicht die Geräte, um das herauszufinden. Mohr starb an einer Vergiftung. Thomas erlag einem Fieber."

Javier verarbeitete das alles sorgfältig. „Und Anya, die Pilotin?"

Lemuel zuckte die Achseln, wobei er die Wahrheit vorsichtig umging. „Ihr Tod ist der Grund, aus dem wir hier abgestürzt sind", antwortete er indirekt. „Außer ihr konnte niemand fliegen, und der Computer war der Aufgabe nicht gewachsen."

Lemuel ließ den eingeschlagenen Schädel, der Anyas Tod herbeigeführt hatte, außen vor. Sie würden nicht verstehen, dass sie eine Hure war, die den Tod verdient hatte, wie so viele andere, die, in Missachtung des **Willens** des Herrn, Macht über ihn ausübten.

Der pfeifende Dampf beendete die Konversation für den Moment. Lemuel spürte eine Reihe von Augen auf sich ruhen. Verspätet ging ihm auf, dass das Kochen von Wasser in einem Eisentopf wahrscheinlich einen Vorgang darstellte, den niemand außer ihm weder je gesehen noch ausgeführt hatte. Javier schien zu verstehen, doch er war keiner von *ihnen*.

Lemuel konzentrierte sich darauf, das simple Teeritual in eine Vorführung zu verwandeln.

Das Wasser für einige lange Momente zur Sicherheit weiterkochen lassen. Die heimischen Tiere hatten die Tendenz, vor dem Geräusch die Flucht zu ergreifen. Die Menschen betrachteten ihn bloß andächtig.

Er nahm den Kessel mit einem Teewärmer von der Eisenstange, den er im dritten Winter gestrickt hatte, als er begonnen hatte, aus der selbst angebauten und geernteten Baumwolle seinen eigenen Stoff herzustellen. Stellte ihn auf dem warmen, flachen Stein ab, der aus genau diesem Grund dort positioniert worden war.

Platzierte seinen größten Suppentopf neben dem Kessel auf dem Stein.

Goss ein wenig gekochtes Wasser hinein und schwenkte es herum, um alles zu säubern und zu sterilisieren.

Goss das Waschwasser über den Komposthaufen, um alles schön feucht für die Bakterien zu halten, die darin wirkten.

Gab mehrere abgemessene Häufchen getrockneter

Blätter, die er *Traumtee* nannte, in den Suppentopf und goss den Großteil des heißen Wassers darüber. Hielt ein bisschen kochendes Wasser zurück, um den Topf später, nachdem er es noch einmal aufgewärmt hatte, zu reinigen.

Rührte ein paar Sekunden energisch, um alles zu vermengen.

Und dann ein paar Minuten Geduld, während der Tee zog. Für Lemuel ein Ritual, das fast so wichtig war wie sein Gebet dreimal am Tag. Reinlichkeit war beinahe so wichtig wie Gottesfürchtigkeit, besonders an diesem Ort, an dem so viele giftige Dinge darauf warteten, den Unaufmerksamen zu Fall zu bringen.

Um ihn herum erwarteten die Unaufmerksamen blind ihr Schicksal.

Der Herr würde sie willkommen heißen.

JAVIER VERKNIFF SICH EIN LACHEN. Auf Leute, die mit Essensausgabecomputern aufgewachsen waren, musste Teekochen wahrscheinlich so ähnlich wie Magie wirken. Er kannte das. Er hatte es oft genug getan, üblicherweise für die Befehlshaber von Raumstationen und Admiräle.

Und Lemuel schien schließlich doch etwas von einem Entertainer in sich zu haben. Javier beobachtete, wie er sich einer Situation guter Aktionskunst durchaus gewachsen zeigte.

Der Tee roch auch gut. Erdig und vollmundig, auf eine Art und Weise, auf die chemisch hergestelltes Zeug niemals gerochen hatte. Javier verbiss sich einen Anflug von Frustration und Wut beim Gedanken an das Schicksal der *Mielikki*. Zumindest hatte er alles an Botanik gerettet. Und hoffentlich hielt Yu die Hühner so weit bei Laune, wie sie nur sein konnten.

Alles in allem, hätten die Dinge viel schlechter sein können.

Lemuel stellte fest, dass der Herr seine Gebete um Ruhe und Geduld heute erhört hatte.

Der Tee erreichte seinen Wendepunkt wie ein magischer Aufguss aus Glückseligkeit und psychedelischem Nachtstück.

Er schöpfte sich selbst eine kleine Tasse ab und probierte ihn. Perfekt. Leicht genug, dass er den ganzen Tag über glücklich sein würde, doch nicht so viel, dass ihn die Art Schlaf überkommen würde, die ihn in den ersten Tagen heimgesucht hatte, bevor er seine Immunisierung entwickelt hatte.

Lemuel füllte seine Tasse erneut und stellte sie zur Seite.

Er schaute zur ihn umgebenden Gruppe auf und lächelte. Der Herr hatte es in der Tat gefügt.

Lemuel machte eine Geste mit dem Topf. „Meine Freunde, ich würde gerne mit Euch etwas von dieser Welt, die ich nun bald verlassen werde, teilen. Es hat mir über die Jahre hinweg viel Freude und Ruhe geschenkt. Ich denke, Ihr werdet es ebenso genießen wie ich."

Die anderen lächelten ihn an. Sogar die Hure legte ihre ewige Wachsamkeit und Feindseligkeit ab. Lemuel betrachtete dies als das beste bisherige Zeichen. „Bitte leistet mir Gesellschaft, wenn ich einen Toast ausspreche."

Javier hielt Lemuel eine Tasse hin, die dieser füllte. Lemuel sah, wie er mit einem wissenden Leuchten in den Augen einen winzigen Schluck nahm.

Wahrlich, Lemuel hatte seinen Verbündeten gegen die Hure gefunden. Sie würden ihre Kräfte vereinigen und all die Piraten töten, und dann würden sie weiterziehen und gemeinsam schreckliche Rache in das Universum hinaustragen.

Er lächelte, als er den Topf zu jedem der Eindringlinge trug und mit ihnen ihren eigenen Geschmack vom Zorn Gottes teilte.

IRGENDETWAS AN DER GANZEN Situation fühlte sich verkehrt an. Javier konnte seinen Finger nicht darauf legen, aber Lemuel kam ihm eigenartig vor. Zu zufrieden mit sich selbst. Nicht annähernd angespannt genug angesichts der vielen Fremden in seiner Gegenwart oder des nahenden Umbruchs in seinem Leben. Selbst der Umstand seiner Rettung erklärte das nicht.

Javier trank nur so viel von dem Tee, um ihn zu kosten, während er vorgab, einen ordentlichen Schluck zu nehmen. Er wusste es besser, als etwas von einem fremden Planeten zu probieren.

Jawoll. Da war etwas. Ein Hauch von … *was*? Die meisten der Piraten hatten über die Jahre hinweg vermutlich diverse Narkotika ausprobiert, sowohl legale als auch illegale, doch wahrscheinlich hatte keiner von ihnen daraus ein wissenschaftliches Event gemacht. Und zwar eines, von dem bestimmte Marinefeldjäger nach Jahren noch immer sprachen.

Ihre Leben hingen auch selten von so etwas ab.

Seines tat es.

Also. Zufällige Überdosis an Drogen oder absichtliche? Das Verhalten des Mannes erschien ihm einfach suspekt. Also wahrscheinlich kein Zufall. Dennoch fühlte sich dies hier eher wie ein Narkotikum als wie ein Gift an.

Er sollte wahrscheinlich etwas dagegen unternehmen. Zumindest war es nicht toxisch, wenn dieser Lemuel-Typ bereit war, es zu trinken. Vermutlich wirkte es langsam, war wahrscheinlich nicht tödlich.

Falls er falsch lag, wäre es unhöflich, es der Drachenlady zu sagen. Sie würde den Kerl bloß kurzerhand erschießen, und das war es dann. Vielleicht verdiente er das nicht. Vielleicht doch. Man konnte nie wissen.

Glücklicherweise war Javier auf so etwas vorbereitet. Diese Leute hatten keine Ahnung, wie man sich auf der Oberfläche einer feindlichen Welt verhielt. Offensichtlich brauchten sie einen Wissenschaftsoffizier, der sie am Leben erhielt.

Nächste Frage: Wollte er, dass sie überlebten?

Die meisten von ihnen waren lediglich einfache Leute, die taten, was getan werden musste, um den nächsten Tag zu überstehen. Keine besonders bösen oder niederträchtigen Kreaturen.

Sykora, auf der anderen Seite … Ja, bei ihr hatte er einiges gut. Es wäre interessant, sie mit einer halluzinogenen Droge auf dem falschen Fuß zu erwischen. Das könnte sie sogar erträglich machen. Vielleicht sollte er das ausprobieren. Es wirkte fast so, als versuche sie, netter zu sein als sie es zuvor gewesen war.

Ach, zur Hölle damit.

Javier nahm den tragbaren Computer zur Hand und begann zu tippen. Er hatte eine Expertin zur Hand. Sollte sie den Hauptteil erledigen.

Suvi, ich weiß, dass du dich in Reichweite befindest. Scanne bitte den Tee mit deinem Laserspektographen und teile mir die Ergebnisse mit. Unauffällig.

Javier lächelte. Eine der neuen Beerenspezies, die er erforschte, hatte sich ursprünglich aus etwas entwickelt, das sich marokkanische Traumbeeren nannte. Vielleicht benötigte er etwas Zeit, um einen Teil der neuen Frucht in die mütterliche Linie zurück zu züchten und zu sehen, ob er ein paar der interessanteren chemischen Charakteristika verstärken konnte.

Zur Hölle, Sykora würde vielleicht sogar lächeln.

Um ihn herum, lächelte die Crew und toastete sich mit dem vergifteten Tee zu. Ihnen schien der leicht metallische, im Hintergrund mitschwingende Geschmack nicht aufzufallen, doch sie waren auch nicht daran gewöhnt, mit dem für ihn üblichen Grad von Paranoia zu leben.

Das war niemand.

Javier sah, wie Sykora ihren Becher in einem Schluck leerte. Er war größer als jeder der anderen, aber sie war auch ein großes Mädchen. Javier war innerlich wirklich zerrissen.

Er tat so, als würde er einen weiteren Schluck nehmen.

Sykora klopfte leicht mit ihrem Becher, um die Aufmerksamkeit des Typen zu erlangen, begleitet von einem „Bitte mehr.". Bitte? Dass das aus ihrem Mund kam, ohne von einem Pferdegespann herausgezogen werden zu müssen, war irgendwie erschreckend.

Als Lemuel herumging, um mehr Tee auszuschenken, kippte Javier heimlich den Inhalt seiner Tasse auf den Boden und schob seinen Absatz darüber, um den Matsch zu verbergen, bis die Flüssigkeit im Boden versickert war.

Sein tragbarer Computer piepte, als er eine Nachricht erhielt.

Bitte sag mir, dass du nicht von dem Tee getrunken hast. Der Scann zeigt Spuren von Ergolinamiden. Abgesehen von psycho-chemisch induzierten Halluzinationen, besitzt er eventuell zusätzlich einschläfernde Wirkung. *** GEFÄHRLICH!!! ***

Javier grinste. Ein schneller LSD-Trip und ein Nickerchen. Nicht unbedingt das Schlechteste, wenn es in einem kontrollierten Umfeld mit Menschen geschah, denen er traute, oder alleine in einem verschlossenen Hotelzimmer. Zumindest war es das letzte Mal nicht schlecht gewesen.

Dieses Mal würde es anders sein. Javier bezweifelte, dass der Einheimische die Auswirkungen des Tees auf die anderen nicht kannte. Was hatte Lemuel also vor? Und noch viel wichtiger: Was sollte er selbst tun?

***

LEMUEL BEMÜHTE SICH SEHR, ein Lächeln zu unterdrücken, als alle den Traumtee tranken, inklusive der drei unbedeutenderen Huren und der Brut des unnennbaren Dunklen Herrschers, die sie anführte. Der Schlaf würde sie bald übermannen, eine Dunkelheit voller Schrecken und ohne Entrinnen. Danach würde er seinen Kreuzzug in das weite Universum beginnen.

Und als Bonus würde der Freundliche, Javier, ihm helfen, diese Leute zu töten.

Aus dem Augenwinkel beobachtete Lemuel, wie Javier seinen Tee ausschüttete, anstatt ihn zu trinken. Er durchlebte einen Moment der Panik, als er vor der Hure mit all ihren Waffen stand und versuchte, ruhig zu bleiben, während er den Tee ausschenkte, doch Javier verhielt sich weiter still.

Das war ein *Zeichen*.

Lemuel kehrte zu seinem Platz an dem kleinen Feuer zurück, ließ sich nieder und lauschte dem obszönen Geplänkel zwischen den Fremden. Die Träume würde sie bald übermannen. Alles, was ihm zu tun blieb, war zu warten und ein kleines Gebet an den Herrn zu richten, sich der Seelen derer anzunehmen, die er bald in ihre letzte Ruhestätte schicken würde.

Der Tee zeigte schon Wirkung. Die unwichtigste der Huren war bereits in sich zusammengesunken, in unsicherem Gleichgewicht gehalten, den Kopf gesenkt, bereit, beim kleinsten Schubs umzufallen.

Lemuel lächelte.

Der schwerbewaffnete Mann war der Nächste. Sogar von hier aus konnte Lemuel sehen, wie seine Pupillen sich zu weiten begannen, während ihm das Sprechen immer schwerer fiel. In der Mitte eines Wortes überschritt sein Gehirn die Schwelle zum Schlaf. Er fiel gegen eine der Huren in Grün und brach in einem geschmacklosen Zerrbild eines Geschlechtsakts auf ihr zusammen.

Lemuel hielt den Atem an, als er die Körper zählte. Alle waren ausgeschaltet, außer seinem Freund Javier und der Hure, die die Inkarnation seines Gegners auf Erden war. Und sogar sie war in der letzten Phase des sich anbahnenden Wendepunkts. Er konnte sehen, wie die schmerzhafte Erkenntnis ihres Versagens von ihrem Verstand Besitz ergriff, wie sie von den zweifachen narkotisierenden Hämmern des Schlafs und des Albtraums in Fesseln gelegt wurde, die ihre Wände zum Einsturz brachten.

Lemuel erlebte einen Augenblick totaler Panik, als sie sich auf die Knie erhob und eine ihrer Waffen zog, ihre stecknadelkopfgroßen Pupillen auf ihn gerichtet wie eine Rakete. Bevor er sich bewegen konnte, schwang die Waffe nach oben. Lemuel hielt den Atem an.

Der Schuss wirbelte eine kleine Staubwolke zwischen ihnen auf, als die Dunkelheit sie umfing. Die Hure stürzte nach vorn, ihr Wille war gebrochen, die Pistole zu Boden gefallen, bevor sein dunkler Widersacher zuschlagen konnte.

Ihr Tod würde schnell und schmerzlos sein. Das schuldete er ihr.

Lemuel langte nach unten und nahm einen der Steine auf, aus denen die Umrandung seiner Feuerstelle bestand. Er war heiß, doch Lemuel spürte die Hitze nicht. Vor seinem geistigen Auge konnte er schon sehen, wie Schädel unter dem heftigen Aufprall des Steins nachgaben. Der Herr hatte zu ihm gesprochen.

Es würde so sein wie schon zuvor. Anya tot auf dem

Deck, ihr Blut in zufälligen Mustern an der Wand verteilt, die eine Nachricht hinterließen, die er siebzehn Jahre lang zu entziffern versucht hatte. Thomas und Mohr entsetzt, aber unwillig, ihn herauszufordern. Eine Flucht durch eine ganze Reihe von Systemen, bis sie vor Verfolgung sicher waren und ihr Leben als Männer leben konnten, ohne der schleichenden Verseuchung durch die Huren ausgesetzt zu sein, die sie vom Weg der Rechtschaffenheit abbrachten.

Lemuel lächelte und hievte den Stein in die Höhe. Die Hure würde als Erste sterben. Sie konnte ihre Truppe höchstpersönlich in die Hölle führen. Er machte einen Schritt nach vorn, um den Kreuzzug zu beginnen.

„Das würde ich nicht tun, wenn ich Sie wäre …"

* * *

JAVIER FÜHLTE SICH BESCHISSEN.

Da hatte er Wochen damit verbracht, sich Wege auszudenken, wie er sich an Sykora für all die Dinge rächen könnte, die sie ihm angetan hatte. Hatte geplant, wie er entkommen und die volle Macht der *Concord*-Flotte auf die Häupter dieser Bastarde niederbringen könnte, sie an der höchsten Rahe aufhängen lassen und sie für Suvi und die *Mielikki* zahlen lassen würde.

Und nun war er hier.

Er beobachtete den einheimischen Kerl dabei, wie er mit einem Lächeln auf dem Gesicht diejenigen zählte, die einer nach dem anderen umfielen. Okay, also war es letztendlich keine zufällige Überdosis gewesen.

Der Stein war ein sehr schlechtes Zeichen. Es bedeutete, dass die Dinge davor standen, aus dem Ruder zu laufen.

Javier fasste den Mann aufmerksam ins Auge. Einen halben Kopf größer als er. Vielleicht zehn Kilo schwerer. Und in diesem Moment hatte er ein irres Leuchten in den Augen, das bedeutete, dass alles kurz davor war, den Bach runterzugehen. Bei seiner zweiten Exfrau hatte er diesen Blick letztendlich einzuordnen gelernt.

Trotzdem … Javier war zwanzig Jahre jünger und hatte sein Nahkampftraining über die Jahre hinweg weiter fortgeführt. Er sollte in der Lage sein, es mit diesem Typen aufzunehmen.

Es wurde Zeit, die Crew vor ihrer eigenen, unschuldigen Dummheit zu retten.

„Das würde ich nicht tun, wenn ich Sie wäre …", verkündete Javier mit einer Stimme, die er immer in den Videos hörte. *Hätte nie gedacht, dass ich in der Lage wäre, das tatsächlich in einer echten Situation zu sagen.*

Er sah, wie Lemuel sich umdrehte, um ihn dumm anzuglotzen, einen schartigen Fünf-Kilo-Stein in der Hand haltend wie den primitiven Hammer eines Affen.

„Javier?" Der Typ war verwirrt und vielleicht ein bisschen entrüstet.

„Ich kann nicht zulassen, dass Sie diese Leute töten, Lemuel", fuhr Javier fort, darum bemüht, beruhigend zu klingen. „Lassen Sie den Stein fallen, und wir sorgen dafür, dass Sie in die Zivilisation zurückkehren und die Behandlung erhalten, die Sie benötigen. Mir ist klar, dass Sie eine lange Zeit hier waren und irgendwie versauert sind. Wir können helfen."

Javier beobachtet voller Hoffnung, wie der Wahnsinn in den Augen des Kerls für nicht mehr als eine Sekunde verebbte. Vielleicht konnte er sich doch aus dieser Sache herausreden.

Und dann kehrte das Feuer zurück, doppelt so irre. „Nein!", brüllte Lemuel. „Die Hure muss sterben. Alle Huren müssen vernichtet werden, wenn die Männer den Zustand der Rechtschaffenheit erlangen wollen. So spricht der Herr."

Javier beobachtete, wie der Mann sich umwandte und,

ihn ignorierend, sich mit dem Stein über Sykoras bewusstlosem Körper aufbäumte.

Scheiße.

Javier machte zwei schnelle Schritte und stürzte sich auf den Mann, bevor Lemuel Sykoras Schädel einschlagen konnte. Er landete auf dem Kerl und verpasste ihm ein paar gute Körpertreffer. Doch das schien ihn bloß extrem wütend zu machen.

Javier hatte den Begriff bis heute nie verstanden, hatte ihn für einen Witz gehalten. *Die Kraft des Zorns.* Lemuel überraschte ihn. Der Mann stieß ihn mit zwei auf die Brust gesetzten Händen nach hinten, sodass Javier sich unvermittelt einen Meter entfernt auf dem Rücken liegend wiederfand.

Und dann war der Gorilla über ihm. Sie tauschten Schläge aus. Javier spürte, wie sein Gehirn im Schädel herumschepperte. Lemuel schien nichts zu spüren. Okay, nicht gut.

Javier hakte sich mit seinem Fuß an dem Wahnsinnigen fest und drehte sich so lange, bis er auf ihm zu liegen kam. Eins. Zwei. Drei Schläge gegen die Seite seines Kopfes. Das schien ihn nur noch wütender zu machen. *Kacke.* Bestand dieser Kerl aus Ziegelsteinen? In den Filmen klappte so etwas immer.

Zwei große Gorillahände kamen nach oben und schlossen sich um Javiers Kehle. Atemluft wurde mit einem Mal zu einem seltenen Rohstoff. Javier veränderte seine Position, versuchte, sich loszureißen.

Lemuel drehte ihn, schüttelte ihn wie eine Stoffpuppe. Auf einmal lag er wieder im Dreck, das Gesicht nach oben gerichtet.

Lemuel starrte mit brennender Wut auf ihn hinunter, während seine Hände weiter zudrückten. „Warum, Javier?", tobte er. „Sie ist Die Hure. Sie ist die Gespielin des Bösen.

Ihre Art muss zerstört werden. Du hättest mir helfen können, dich mir anschließen können. WARUM?"

Bewegung in seinem Augenwinkel, als alles schwarz zu werden begann. Javier lächelte dem Tod ins Gesicht. Lemuel hatte längere Arme, doch Javier konnte ihm schnelle, harte Schläge in die Rippen versetzen, seine Aufmerksamkeit weiter auf ihn hier unter sich fesseln, ihn weiter ernsthaft wütend machen. Nicht, dass das schwer gewesen wäre. Nur ein bisschen länger bei Bewusstsein bleiben. *Das schaffe ich.*

„Weil …", sagte Javier ruhig, wobei er es so timte wie in all den Filmen, die er gesehen hatte, „… weil es falsch ist."

Der Fernlenksensor rammte mit voller Geschwindigkeit und einem donnernden Krachen in die Seite von Lemuels Kopf. Javier fühlte, wie der Mann erschlaffte, als er unter dem gewaltigen Stoß zur Seite stürzte. Lemuel fiel auf den Rücken und lag neben ihm im Staub.

Anders als Javier jedoch, atmete er nicht mehr.

SUVI FLUCHTE WIE EIN SEEMANN, während sie die Diagnosefunktionen auf ihrem Flatterschiff laufen ließ. Beinahe alles war offline, zerstört. Wenigstens war sie nach dem Ausrollen mit dem Gesicht nach oben gelandet, auch wenn sie sich vorstellen konnte, dass ein Mensch sich die Seele aus dem Leib gekotzt hätte, wenn er sich so oft wie in einem Gravitationsbrunnen überschlagen hätte.

Dies war das zweite Schiff, das wegen Javier hatte dran glauben müssen. Er wäre ihr etwas schuldig. Und nicht zu knapp.

Sie sah, wie er wackelig auf die Beine kam, zwei Schritte zum tragbaren Computer machte und in die Tasten zu tippen begann.

Was auch immer er tippte, sollte besser gut sein. Ich

stecke hier fest und das Ding ist beinahe zerstört. Du schuldest mir etwas.

Suvi schmollte.

Danke, dass du mir das Leben gerettet hast.

Oh. Nun ja, das machte alles wieder gut.

Suvi lächelte.

TEIL SECHS

Javier klopfte zweimal an die geschlossene Tür. Von drinnen erklang ein gedämpftes „Herein", und die Tür glitt auf. Er blickte in die kleine Kammer.

Sykoras Kabine war dunkel und beinahe kahl. Ein Schreibtisch, ein hoher, fest geschlossener Spind, ein Bett. Keine Bilder, keine Farben, kein Geruch, nichts. Hartes, nacktes Metall. Die einzige Hinweis auf ihre Persönlichkeit waren ein Knäuel Wolle, Stricknadeln und etwas, das ein halbfertiger Schal sein mochte und neben ihr auf dem Bett lag.

Sie lag da in ihrer Tagesuniform, Schiffsslipper an den Füßen, die Stiefel ordentlich aufgereiht am Fuß des Bettes aufgestellt. Sie hatte etwas auf einem tragbaren Bildschirm gelesen, schaltete ihn jedoch aus und legte ihn beiseite, als sie Javier erkannte.

„Was gibt es, Aritza?", fragte sie. In ihrer Stimme schwang immer noch eine gewisse Schärfe mit, doch sie klang müder und weniger gereizt, als in der letzten Woche.

Hoffte Javier.

Nachdem sich die Tür geschlossen hatte, lehnte Javier

sich dagegen, nicht bereit, weiter in ihre Zufluchtsstätte einzudringen als nötig. Da sie ihm nicht die ganze Zeit den Arsch aufgerissen hatte, hatte er Zeit gehabt, ein wenig ihre Vergangenheit zu erforschen.

Die Gesellschaft von *Neu Berne* hatte sich bei genauerem Lesen als recht interessant herausgestellt. Es grenzte seinerseits schon beinahe an Unhöflichkeit, dass er sich uneingeladen in ihrer Kabine aufhielt, doch er wollte dieses Gespräch nirgendwo anders auf dem Schiff führen, besonders nicht an irgendeinem Ort, an dem es jeder mithören konnte.

Javier holte Atem.

Er war hierhergekommen, um über nette Dinge zu sprechen. Die Vergangenheit ruhen zu lassen. Etwas in der Art.

Die Rede, die er vorbereitet hatte, hatte sich nicht richtig angehört, daher vergaß er sie und sah Sykora an. Sah sie richtig an. „Ich wollte sehen, wie es Ihnen geht. Der Med-Bot hat gesagt, Sie hätten eine besonders heftige Dosis des Zeugs abbekommen, mit dem dieser Wahnsinnige uns zu vergiften versuchte."

Er sah, dass sie sich eine scharfe, sarkastische Bemerkung verkniff. Es hinterließ einen galligen Geschmack in der Luft, wurde jedoch nicht ausgesprochen und konnte daher ignoriert werden. Allein das war für Sykora schon ein Fortschritt. Sie holte Atem, blickte unbehaglich nach unten, kämpfte offensichtlich um Worte.

Einige peinliche Augenblicke verstrichen.

„Ich glaube", sagte sie, „dass das Schlimmste vorbei ist." Sie atmete. „Laut des Systems werde ich wahrscheinlich weiterhin für ein paar Wochen chemisch induzierte Albträume haben, werde aber morgen wohl wieder diensttauglich geschrieben."

Javier nickte. „Das ist gut. Wir haben Sie auf der Brücke vermisst."

Sie belohnte ihn mit einem freud- und glanzlosen Lächeln. „Sicher, Aritza", sagte sie. „Mit Ihnen ist es immer ein Fest."

Javier verbiss sich seine eigene abfällige Bemerkung. „Nicht immer. Nur wenn ich die Stimmung etwas aufbessern muss. Und Sie können mich Javier nennen."

Sie betrachtete eingehend für eine Sekunde, bevor sie fortfuhr. „Okay." Pause. „Javier." Ein weitere Pause. „Ich habe die Videoaufzeichnung des Vorfalls und Ihren Bericht studiert. Sie wussten, was er vorhatte, und haben ihn nicht daran gehindert, bis es beinahe zu spät war. Warum?"

Javier seufzte. Aus diesem Grund war die Tür geschlossen. Suvi hatte ihre Teilnahme an der Geschichte herausgeschnitten und das Band darüber hinaus so zurechtgeschnitten, dass es aussah, als habe Javier Kontrolle über die Situation gehabt.

Alles andere hatte sie so belassen, wie es gewesen war, inklusive seiner eigenen Willfährigkeit.

„Weil ich mir nicht sicher war, ob ich ihn stoppen würde."

Er sah, wie sie stumm eine Augenbraue hob.

„Ihr Leute seid Piraten, Lady", fuhr er fort. „Es bestand die Chance, dass wir einen medizinischen Notfall und ein paar Verluste haben, den Rest zur Krankenstation schaffen und von dort aus weitermachen würden. Das hätte die Galaxis zu einem besseren Ort gemacht."

„Verluste." Sie ließ sich das Wort auf der Zunge zergehen. „An wen hatten Sie da gedacht?" Weder in ihren Augen noch in ihrer Stimme lag Zweifel.

Javier starrte sie einen Moment lang an und seufzte. Es führte kein Weg darum herum. „Sie."

Sie nickte kaum merklich. Für jemanden von *Neu Berne* war das ungefähr so, als würde Javier auf dem Bett auf und ab hüpfen und den Göttern die verschiedensten Verwünschungen entgegenschleudern.

Sie ließen beide den Augenblick verstreichen.

„Weshalb haben Sie Ihre Meinung geändert, Javier?" Ihre Stimme und ihre Augen waren auf einmal viel sanfter. Nicht annähernd so feindselig und aufgeregt, wie er es von ihr gewohnt war. Die *Neu Berne*-Gesellschaft. Das alles hatte sich wesentlich persönlicher gestaltet, als er geplant hatte.

„Sie haben ‚Bitte' gesagt", sagte er schließlich.

Auf ihren Gesichtsausdruck totaler Verwirrung hin, winkte er ab. „Ich meine nicht zu diesem Zeitpunkt", sagte Javier. „Davor. Irgendetwas Unerhebliches und Geringfügiges, ich weiß nicht einmal mehr, was, ohne mir die Aufzeichnungen anzusehen. Ist auch nicht wichtig. Sie waren nicht nur höflich gewesen, sondern bemühten sich, nett zu sein. Das zählte."

Der Blick in ihren Augen war distanziert, eisig. Die *Neu Berne*-Gesellschaft.

Er sah, dass sie ihn studierte, genau studierte. Es war die Art Nähe, um die sie sich zu keinem Zeitpunkt in den letzten Wochen geschert hatte. Es bereitete ihm Unbehagen, doch er hatte sich entschlossen, hierher zu kommen und dies zu tun.

„Sie hätten", flüsterte sie, „schon dreißig Sekunden früher etwas unternehmen können."

Javier nickte. „Ja, das hätte ich. Und ich hätte auch dreißig Sekunden länger warten und ihm mit Ihrer Waffe in den Rücken schießen können. Ich würde gerne glauben, dass ich die richtige Entscheidung getroffen habe."

Javier löste den Türmechanismus aus und glitt nach draußen, sobald die Öffnung weit genug war. Von draußen schenkte er ihr ein Grinsen, das sich zu einem Lächeln abmilderte, als die Tür sich schloss. Er würde sie wahrscheinlich nie wieder mit überrascht herunterhängendem Kinn sehen. Es fühlte sich gut an.

ÜBER DEN AUTOR

Blaze Ward schreibt Science Fiction, die im Alexandria Station Universum spielt: Die Jessica Keller Chroniken, die Serie *Der Wissenschaftsoffizier*, die Doyle Iwakuma Storys, und andere. Er schreibt außerdem über *The Collective* sowie *The Fairchild Storys* und die *Modern Gods* Superhelden-Mythen. Sie können mehr auf seiner Website www.blazeward.com herausfinden, sowie auf Facebook, bei Goodreads, und an anderen Orten.

Blazes Geschichten sind erhältlich als E-Books, Bücher und als Audioversionen und können bei einer Reihe von Online-Verkäufern erworben werden (Kobo, Amazon, iBooks und anderen). Sein Newsletter erscheint einmal im Vierteljahr, und Sie können ihm auf dem Blog auf seiner Website folgen. Er liebt den Kontakt mit seinen Fans außerordentlich und freut sich auf alle möglichen Fragen – sogar, wenn sie seine Bücher betreffen!

facebook.com/KRPBlaze

goodreads.com/Blaze_Ward

VERSÄUMEN SIE KEINE NEUERSCHEINUNG!

Wenn Sie über Neuerscheinungen informiert werden möchten, melden Sie sich bitte für meinen Newsletter an.

Ich versende Newsletter nur einmal im Monat, werde Sie nicht mit Spam-Mails bombardieren oder Ihre E-Mail-Adresse für ruchlose Taten verwenden. Sie können sich auch jederzeit wieder abmelden.

http://www.blazeward.com/newsletter/

www.ingramcontent.com/pod-product-compliance
Lightning Source LLC
Chambersburg PA
CBHW070658100726
47907CB00007B/2256